U0578469

孟東野詩集

［唐］孟郊 撰

［宋］劉辰翁 注

拾瑶叢書

文物出版社

圖書在版編目（CIP）數據

孟東野詩集 / (唐) 孟郊撰 ; (宋) 劉辰翁注. --
北京 : 文物出版社, 2020.7
（拾瑶叢書 / 鄧占平主編）
ISBN 978-7-5010-6431-1

Ⅰ. ①孟… Ⅱ. ①孟… ②劉… Ⅲ. ①唐詩 – 詩集
Ⅳ. ①I222.742

中國版本圖書館CIP數據核字(2019)第274512號

孟東野詩集 〔唐〕孟郊 撰 〔宋〕劉辰翁 注

主　　編：鄧占平
策　　劃：尚論聰　楊麗麗
責任編輯：李縉雲　李子裔
責任印製：張道奇

出版發行：文物出版社有限公司
社　　址：北京市東直門内北小街2號樓
郵　　編：100007
網　　址：http://www.wenwu.com
郵　　箱：web@wenwu.com
經　　銷：新華書店
印　　刷：藝堂印刷（天津）有限公司
開　　本：710mm × 1000mm　1/16
印　　張：25
版　　次：2020年7月第1版
印　　次：2020年7月第1次印刷
書　　號：ISBN 978-7-5010-6431-1
定　　價：160.00圓

前言

《孟東野詩集》十卷，唐孟郊撰，宋國材、劉辰翁評。明凌濛初刻朱墨套印本。每半頁八行，行十九字，白口，左右雙邊。

孟郊（七五一—八一四），字東野，湖州武康（今浙江德清）人。少時隱居嵩山，稱为處士。唐貞元十二年（七九六）進士及第，十六年（八〇〇）任溧陽縣尉。元和間任河南水陸轉運從事，試協律郎。元和九年（八一四）赴任山南西道節度參謀，試大理評事，途中暴卒，友人張籍謚『貞曜先生』。郊爲詩有理致，以詩鳴於中唐，極爲韓愈所重。兩《唐書》皆有傳。

凌濛初（一五八〇—一六四四），字玄房，號初成，别號即空觀主人。浙江烏程（今浙江吴興）人。明代文學家、小説家和套版印書家。其著作《初刻拍案驚奇》和《二刻拍案驚奇》與馮夢龍所著《喻世明言》《警世通言》《醒世恒言》合稱『三言二拍』，爲古典短篇小説的代表。

此《孟東野詩集》收郊詩五百一十一首，分十四類。是集前有韓愈撰《貞曜先生墓志銘》、景定壬戌年（一二六二）舒岳祥撰《和韓昌黎贈詩（有序）》、宋敏求撰《孟東野詩集序》及凌濛初撰跋文。正文凡十卷，卷一爲樂府上，卷二爲樂府下、感興上，卷三爲感興下、咏懷上，卷四爲咏懷下、游適上，卷五爲游適下、居處，卷六爲行役、紀贈，卷七爲懷寄、酬答、送別上，卷八爲送別下，卷九爲咏物、雜題，卷十爲哀傷、聯句、贊、書。每卷前有本卷細目，後綴全文。卷一卷端頂格題『孟東野詩集卷一』，次行署名『唐武康孟郊撰』『宋天台國材評』，無行格。卷端署名列右有朱筆題寫『附盧陵劉辰翁評』，天頭和行間有劉氏朱筆評論和圈點。版心上鎸『孟東野卷一』，版心下題頁碼。結尾附一贊、二書。

晁公武《郡齋讀書志》卷十七著録《孟郊詩集》十卷，并謂：『先時，世傳汴吴鏤本，五卷一百二十四篇；周安惠本，十卷三百三十一篇；別本五卷三百四十篇；蜀人蹇濬用退之贈郊句，纂成《咸池集》二卷一百八十篇。自餘不爲編秩，雜録之，家家自异。次道（宋敏求）總拾遺逸，摘去重複，若體制不類者，得五百十一篇，而十聯句不與焉，一贊二書附於後。郊集於是始有完書。』此本卷数與此相符，當爲敏求所编本。

《四庫全書總目提要》稱：『郊詩托興深微，而結體古奥，唐人自韓愈以下，莫不推之。

自蘇軾詩「空螯」「小鱼」之誚，始有异辭。元好問《論詩絶句》乃有「東野窮愁死不休，高天厚地一詩囚」之句。当以蘇尚俊邁，元尚高華，門徑不同，故是丹非素。究之郊詩品格，不以二人之論减價也。』郊詩以五古居多，詩句不蹈襲陳言，不用典故，不雕章繪句，詩語出自肺腑，平易而不素淡，自然而不藻飾。一掃大曆詩壇的平庸靡弱，而與韓愈同開奇崛險怪的詩風，時人有『韓孟派詩』之説。又因其與賈島以推敲、苦吟著稱，頗多苦語，故蘇軾有『郊寒島瘦』之評，後世遂以『詩囚』『苦吟詩人』稱之。

《孟東野詩集》存世最早版本爲宋刻本，也是海内外孤本，現藏北京大學圖書館。此本爲明凌濛初刊朱墨套印本，朱墨爲宋國材、劉辰翁評點。宋代以後流傳的刻本還有明弘治十二年（一四九九）楊一清、于睿刻本，明嘉靖三十五年（一五五六）秦禾刻本，明初抄本，清抄本，明末毛氏汲古閣刻《五唐人集》本等。

中國國家圖書館　徐慧

二〇一九年十二月

貞曜先生墓誌銘

唐元和九年歲在甲午八月巳亥貞曜先生孟氏卒。無子其配鄭氏以告愈走位哭且召張籍會哭。明日。使以錢如東都供葬事諸甞與往來者。咸來哭弔。韓氏遂以書告與元尹故相餘慶閏月樊宗師使來弔。告葬期。徵銘。愈哭曰。嗚呼。吾忍銘吾友也夫與元人以幣如孟氏賻。且來商家事。樊子使來速銘。曰。不則無以掩諸幽。乃序而銘之。先生諱郊字東野。父庭玢。娶裴氏女。而選爲崑山尉。生先生。及二季酆郢而卒。先生生六七年。端序則見。長而愈騫。涵而揉之。內外完好。色夷氣清。可畏而親。及其爲詩。劌目鉥心。刃迎縷解。鉤章棘句。掐擢胃腎。神施鬼設。間見層出。唯其大翫於詞。而與世抹摋。人皆劫劫。我獨有餘。有以後時開先生者曰。吾既擠而與之矣。其猶足存邪。年幾五十。始以尊夫人之命。來集京師。從進士試。既得即去。間四年。又命來選爲溧陽尉。迎侍溧上。去尉二年。而故相鄭公尹河南。奏爲水陸運從事。試協律郎。親拜其母於門內。母卒五年。而鄭公以節領興元軍。奏爲其軍參謀。試大理評事。挈其妻行。之興元。次於閿鄉。暴疾卒。年六十四。買棺以斂。以二人輿歸。酆郢皆在江南。十月庚申。樊子合凡贈賻而葬之洛陽東。其先人墓左。以餘財附其家而供祀。將葬。張籍曰。先生揭德振華。於古有光。賢者故事有易名。況士哉如曰貞曜先生。則姓名字行有載。不待講說而明。皆曰然。遂用之。初先生所與俱學同姓簡於世次爲叔父。由給事中觀察浙東。曰。生吾不能舉。死吾知恤其家。銘曰。

於戲貞曜。維執不猗。維出不訾。維卒不施。以昌其詩。

南陽韓愈

和韓昌黎贈詩 有序

國成德宰武康。鋟孟東野詩。立其祠。余家舊藏東野像。書來借臨。其尚友與俗異矣。予因讀昌黎贈先生篇。追和其韻。併臨其像。奉送之武康。

瞭然徹眸子。可以覩人心。偃儒固當懼。淸揚照于今。旣見東野像。又聞東野音。其音何琅琅。笙磬簫瑟琴。欲招世人聽。大音忽已沉。問我何所聞。冥默中細尋。初嘗訝苦硬。久味極雄森。昌黎維宗伯。誰能齒諸任。尊之繼李杜。先生亦披襟。寸莛撞洪鐘。下拜肯低簪。城南鬬鷄作。珠琳列差參。劒戟相攖拂。壘塹互登侵。劃鑱龍門呀。兀撐大華嶔巇細無可揀。如入夸父林。巨壑百川會。大雲四野陰。今人何所見。啾嘖沸蜩禽。捃摭螻蚓間。短策欲深臨。坡翁素雅謔。偶作嘲生吟。獨愛銅斗歌。儇音帶江南。斯言戲之耳。定價如良金。杜老嘲淵明。夫豈誠弗欽。謂能潤飾韓。弊直豈向歆。木師非翁敵。坻嶼視高岑。雖然曰郊島。郊島有淺深。吾友武康字。作事爲世箴。立祠警溷濁。刋詩正哇淫。樂石覆大屋。關防作練砧。

景定壬戌九月望日閬風舒岳祥書

孟東野詩集序

東野詩世傳汴吳鏤本五卷一百二十四篇周安惠本十卷三百三十一篇別本五卷三百四十篇蜀人蹇濬用退之贈郊句纂咸池集二卷一百八十篇自餘不爲編秩雜錄之家家自異今總括遺逸摘去重複若體製不類者得五百一十一篇釐別樂府感送詠懷游適居處行役紀贈懷寄酬答送別詠物雜題哀傷聯句十四種又以讚書二系

于後合十卷嗣有所得當次第益諸十聯句見昌黎集章章於時此不著云

集賢校理常山宋敏求序

余既刻劉須溪所批諸家詩矣已而思吾鄉孟東野其奇險可與長吉鬼怪對壘且須溪先生評詩為最廣而唐諸選中亦時見有評其數首者意必有其本如諸家而無從見也遍索之偶獲一宋雕本於武康故家上有評點以為必須溪無疑及閱其序則宋景定時天台國材成德以宰武康為梓行其集而評之者國於時無所表見今世亦罕知之宜其未必有當乃字櫛句

以其雖黄處亦時時得三昧焉宋人不能詩而能言詩亦其偏有所至耶獨其劉貶休文之品而崇尚東野謂其行唫溪曲泊無宜情然味其詩亦未免感時傷世幽憤過多如所謂空將淚見花等語與襄陽之孟純是曠達者局量大小固有別也余梓其詩以配長吉亦因附其評以佐須溪之未備遂并言其所見如此

吳興淩濛初識

孟東野目錄卷一

樂府上

巫山高

楚怨

塘下行

臨池曲

車遥遥

征婦怨四首

空城雀

閑怨

羽林行

古意

古别離

遊俠行

黄雀吟

有所思

求仙曲

嬋娟篇

南浦篇

清東曲

井水無波語思巧篤

孟東野詩集卷一

明盧陵劉辰翁評

唐　武康孟郊　撰

宋　天台國材　評

○樂府上

列女操

梧桐相待老鴛鴦會雙死貞婦貴徇夫捨生亦如此波濤誓不起妾心井中水（一作古井）

灞上輕薄行

客中寓語

雖有所本翻案自佳

長安無緩步。況值天景暮。相逢灞滻間。親戚不相顧。自嘆方拙身。忽隨輕薄倫。常恐失所避。化爲車轍塵。此中生白髮。疾走亦未歇（一作不得歇）。

長安羈旅行

十日一理髮。每梳飛旅塵。三旬九過飲。每食唯舊貧。萬物皆及時。獨余不覺春。失名誰肯訪。得意爭相親。直木有恬翼。靜流無躁鱗。始知喧競場。莫處君子身。野策藤竹輕。山蔬薇蕨新。潛歌歸去來。事

喧吸亦凑

俊甚然苦

外風景眞。

長安道

胡風激秦樹。賤子風中泣。家家朱門開。得見不可入。長安十二衢。投樹鳥亦急。高閣何人家。笙簧正喧吸。

送遠吟

河水昏復晨。河邊相送頻。離盃有淚飲。別柳無枝春。一笑忽然斂。萬愁俄已新。東波與西日。不惜遠

劉須溪云其散如樂府爲近此復以苦語勝

行人。

古薄命妾

不惜十指絃。爲君千萬彈。常恐新聲至。坐使（一作使我）故聲（一作門）殘。棄置今日悲。即是昨日歡。將新變故易。持故爲新難。青山有蘼蕪。淚葉長不乾。空令後代人。採擷幽思攢。（一作思幽閒）

古離別

松山雲繚繞。萍路水分離。雲去有歸日。水分無合

役柔織練字妙

良苦之音

時。春芳役雙眼春色柔四肢。楊柳織別愁千條萬
條絲。

古樂府雜怨三首

憶人莫至悲。至悲空自衰。寄人莫翦衣。翦衣未必
歸。朝爲雙蔕花。暮爲四散飛。花落却遶樹。遊子不
顧期。

夭桃花清晨。遊女紅粉新。夭桃花薄暮。遊女紅粉
故。樹有百年花。人無一定顏。花送人老盡。人悲花

自閒。

貧女鏡不明。寒花日少容。墻蛩有虛織。短線無長縫。浪水不可照。狂夫不可從。浪水多散影。狂夫多異蹤。持此一生薄。空成萬（一作百）恨濃。

靜女吟

豔女皆妍色。靜女獨檢蹤。任禮恥任粧。嫁德不嫁容。君子易求聘。小人難自從。此志誰與諒。琴絃幽韻重。

歸信吟

淚墨灑爲書。將寄萬里親。書去魂亦去。兀然空一身

山老吟

不行山下地。唯種山上田。腰斧斫旅松。手瓢汲家泉。詎知文字力。莫記日月遷。蟠木爲我身。始得全天年。

遊子吟 劉云全是托興終之悠然不言之感復非睍睆寒泉之比千古之下猶不厭誦之尤不朽者

游子思家作古易思親作古雅此直似琴操是摹古大手

慈母手中線。遊子身上衣。臨行密密縫。意恐遲遲歸。誰言寸草心。報得三春暉。

小隱吟

我飲不在醉。我歡長寂然。酌溪四五盞。聽彈兩三絃。鍊性靜棲白。洗情深寄玄。號怒路傍子。貪敗不貪全。

吟苦寒遂覺寒甚

苦寒吟

天色寒青蒼。北風叫枯桑。厚冰無裂文。短日有冷光。敲石不得火。壯陰正奪陽。調苦竟何言。凍吟成此章。

猛將吟

擬膾樓蘭肉。蓄怒時未揚。秋鼙無退聲。夜劍不隱光。虎隊手驅出。豹篇心卷藏。古今皆有言。猛將出北方。

傷哉行

衆毒蔓貞松。一枝難久榮。豈知黃庭客。仙骨生不

凄絶千古慘入肌骨

成。春色捨芳蕙。秋風遶枯莖。彈琴不成曲。始覺知音傾。館月𠲽舊照。弔賓寫餘情。還舟空江上。波浪送銘旌。

古怨

試妾與君淚。兩處滴池水。看取芙蓉花。今年爲誰死。

湘絃怨

昧者理芳草。蒿蘭同一鋤。狂飆（一作颷）怒（一作怨）秋林。曲直同一

意不欲玉石混其造語便似入絃之音

澹而有味

枯嘉木忌深蠹哲人悲巧誣靈均入廻流靳尚爲良謨我願分衆泉清濁各異渠我願分衆巢梟鸞相遠居此志諒難保此情竟何如湘絃少知音孤響空踟蹰

楚竹吟酬盧虔端公見和湘絃怨

梶中有新聲楚竹人未聞識音者謂誰清夜吹贈君昔爲瀟湘引曾動瀟湘雲一叫鳳改聽（一作聽）再驚鶴失羣江花匪秋落山日當晝曛衆濁響雜沓孤清

思氛氲。欲知怨有形（一作有）。願向明月分。一掬靈均淚。千年湘水文。

遠愁曲

飄颻何所從。遺冢行未逢。東西不見人。哭（一作泣）向青青松。此地有時盡。此哀無處容。聲飜太白雲。淚洗藍田峰。水涉七八曲。山（一作不）登千萬重。願邀玄夜月（一作[illegible]）。出視白日蹤。

貧女詞寄從叔先輩簡

蠶（一作[illegible]）女非不勤。今年獨無春。二月冰雪深。死盡萬木身。時令自逆行。造化豈不仁。仰企碧雲仙。高控滄海雲。永別勞苦場。飄飄遊無垠。

邊城吟

西城近日（一作水）天。俗禀氣候偏。行子獨自渴。（一作[illegible]）主人仍賣泉。燒峰碧雲外。牧馬青坡巔。何處鶻突夢。歸思寄（一作酒）仰眠。

新平歌送許問

邊柳三四尺。暮春離別歌。（一作[illegible]）早廻儒士駕。暮飲土番河。誰識（一作[illegible]）匣中寶。楚雲章句多。

殺氣不在邊

殺氣不在邊。凜然中國秋。道險不在山。平地有摧輈。河南又起兵。清濁俱鎖流。豈唯私客艱。雍滯官行舟。况余隔晨昏。去家成阻修。忽然兩鬢雪。同是一日愁。獨寢夜難曉。起視星漢浮。涼風蕩天地。日夕聲飀飀。萬物無少色。兆人皆老憂。長策苟未立。

悲壯

峭奥

妙妙纏綿之極

此絃歌似即是驅儺時絃歌歟

丈夫誠可羞。靈響復何事。劍鳴思戮讐。

結愛

心心復心心。結愛務在深。一度欲離別。（一作言）千迴結衣襟。結妾獨守志。結君早歸意。始知結衣裳。不如結心腸。坐結行亦結。結盡百年月。

絃歌行

驅儺擊鼓吹長笛。瘦鬼染面惟齒白。暗中崒崒拽茅鞭。倮足朱褌行戚戚。相顧笑聲衝庭燎。桃弧射

悲有所托

矢時獨呌。

覆巢行

荒城古木枝多枯。飛禽嗷嗷朝哺雛。枝傾巢覆雛墜地。烏鳶下啄更相呼。陽和發生均孕育。鳥獸有情知不足。枝危巢小風雨多。未容長成已先覆。靈枝珍木滿上林。鳳巢阿閣重且深。爾今所托非本地。烏鳶何得同爾心。

出門行二首

意俱淺淺語
亦不盡

長河悠悠去無極。百齡同此可歎息。秋風白露沾人衣。壯心凋落奪顏色。少年出門將訴誰。川無梁兮路無岐。一聞陌上苦寒奏。使我佇立驚且悲。君今得意厭粱肉。豈復念我貧賤時。

海風蕭蕭天雨霜。窮愁獨坐夜何長。驅車舊憶太行險。始知遊子悲故鄉。美人相思隔天闕。長望雲端不可越。手持琅玕欲有贈。愛而不見心斷絕。南山峩峩白石爛。碧海之波浩漫漫。參辰出沒不相

是祠詩怨不合

劉云不若孤形容自消大意

待。我欲橫天無羽翰。

湘妃怨 一作湘靈祠

南巡竟不返。二妃怨逾積。萬里喪蛾眉。瀟湘水空碧。冥冥荒山下。古廟收貞魄。喬木深青春。清光滿一作[illegible]瑶席。寒芳徒有薦。靈意殊脈脈。玉珮不可親。徘徊煙波夕。

巫山曲

巴江上峽重復重。陽臺碧峭十二峰。荆王獵時逢

怨甚

本賦神女大似鬼詩

不如青冥裡

雲雨夜臥高丘夢神女。輕紅流煙濕艷姿行雲飛去明星稀。目極魂斷望不見猿啼三聲淚滴衣

巫山高

見盡數萬里。不聞三聲猿。但飛蕭蕭雨中有亭亭魂。千載楚襄恨。遺文宋玉言至今晴明天（一作青冥裡）雲結深閨門。

楚怨

秋入楚江水。獨照汨羅魂。手把綠荷泣。意愁珠淚

猶言非樹花露草之思

飜。九門不可入。一犬吠千門。

塘下行

塘邊日欲斜。年少早還家。徒將白羽扇。調妾木蘭花。不是城頭樹。那栖來去鴉。

臨池曲

池中春蒲葉如帶。紫菱成角蓮子大。羅裙蟬鬢寄迎風。雙雙伯勞飛向東。

車遙遙

便遙遙有萬里之勢

忽入月不圓便是怨意

路喜到江盡江上又通舟舟車兩無阻何處不得遊丈夫四方志女子安可留郎自别日言無令生遠愁旅鴈忽叫月斷猿寒啼秋此夕夢君夢君在百城樓寄淚無因波寄恨無因輒顧爲馭者手與郎迴馬頭

征婦怨四首

良人昨日去明月又不圓别時各有淚零落青樓前

纏綿之極

巧思逼古

君淚濡羅巾。妾淚滿路塵。羅巾長在手。今得隨妾身。路塵如得風。得上君車輪。

漁陽千里道。近如中門限。中門踰有時。漁陽長在眼。

生在綠（一作絲）羅下。不識漁陽道。良人自戍來。夜夜夢中到。

空城雀

一雀入官倉。所食寧損幾。秖慮往覆頻。官倉終害

似畏禍思避

亦巧亦苦

劉云悽迫

寫得健俊

爾魚網不在天。鳥羅不張水。飲啄要自然。可以空城裏。

閒怨

妾恨比斑竹。下盤煩冤根。有筍未出土。中已含淚痕。

羽林竹

朔雪寒斷指。朔風勁裂冰。胡中射鵰者。此日猶不能。翩翩羽林兒。錦臂飛蒼鷹。揮鞭快白馬。走出黃河淩。

古意

河邊織女星。河畔牽牛郎。未得渡淸淺。相對遥相望。

了不異人意何以作此

古別離

欲別牽郎衣。郎今到何處。不恨歸來遲。莫向臨邛去。

奇調古雅之甚

遊俠行

造語別

既殺人不回頭又說劍閑

似有所指

壯士性剛決。火中見石裂。殺人不迴頭。輕生如暫別。豈知眼有淚。肯白頭上髮。（一作半）半生無恩酬。劍閑一百月。

黃雀吟

黃雀舞承塵。倚恃主人仁。主人忽不仁。買彈彈爾身。何不遠飛去。蓬蒿正繁新。蒿粒無人爭。食之足爲珍。莫覷翻車粟。覷翻罪有因。黃雀不知言。贈之徒慇懃。

壯甚誰言其寒

有所思

桔槔烽火晝不滅。客路迢迢信難越。古鎭刀攢萬片霜。寒江浪起千堆雪。此時西去定如何。空使南心遠淒切。

求仙曲

仙教生爲門。仙宗靜爲根。持心若妄求。服食安足論。鏟惑有靈藥。餌眞成本源。自當出塵網。馭鳳登崑崙

嬋娟篇

花嬋娟。泛春泉。竹嬋娟。籠曉煙。妓嬋娟。不長妍。月嬋娟。真可憐。夜半姮娥朝太乙。人門本自無靈匹。漢宮承寵不多時。飛燕婕妤相妬嫉。

南浦篇

南浦桃花亞水紅。水邊柳絮由春風。鳥鳴喈喈煙濛濛。自從遠送對悲翁。此翁已與少年別。唯憶深山深谷中。

清東曲

櫻桃花參差。香雨紅霏霏。含笑競攀折。美人濕羅衣。采采清東曲。明眸艷珪玉。青巾艑上郎。上下看不足。南陽公首詞。編入新樂錄。

孟東野詩集卷一 終

孟東野目錄卷二

樂府戲贈陸大夫十二丈三首

戲答

勸善吟

望夫石

寒江吟

感興上

番交

怨别

春日有感

將見故人

傷時

寓言

偶作

勸學

贈農人

長安早春

堯歌二首

耕夫無食織女無衣千古同恨始于人東結更悽健

孟東野詩集卷二

唐　武康孟郊　撰

宋　天台國材　評

樂府下

織女辭

夫是田中郎。妾是田中女。當年嫁得君。為君秉機杼。筋力日已疲。不息窻下機。如何織紈素。自着襤縷衣。官家牓村路。更索栽桑樹。

巧思如生

古意

蕩子守邊戍。佳人莫相從。去來年月多。苦愁改形容。上山復下山。踏草成古蹤。徒言採蘼蕪。十度一不逢。鑒獨是明月。識志唯寒松。井桃始開花。一見悲萬重。人顏不再春。桃色有再濃。捐氣入空房。無聊乍從容。啟貼理針線。非獨學裁縫。手持未染綵。繡爲白芙蓉。芙蓉無染污。將以表心素。欲寄未歸人。當春無信去。無信反增愁。愁心緣隴頭。願君如隴水。氷鏡水還流。宛宛青絲線。纖纖白玉鈎。玉鈎不虧缺。青絲無斷絕。迴還勝雙手。解盡心中結。

折楊柳二首

楊柳多短枝。短枝多別離。贈遠屢攀折。柔枝安得垂。青春有定節。離別無定時。但恐人別促。不怨來遲遲。莫言短枝條。中有長相思。朱顏與綠楊。併在別離期。

樓上春風過。風前楊柳歌。枝疎緣別苦。曲怨爲年

起真寒

多。花驚燕地雲。葉映楚池波。誰堪別離此。征戍在交河。

和丁助教塞上吟

哭雪復吟雪。廣文丁夫子。江南萬里寒。曾未及如此。整頓氣候誰。言從生靈始。無令惻隱者。哀哀不能已。

古怨別

颯颯秋風生。愁人怨離別。含情兩相向。欲語氣先

劉云語雖如此極是苦思

咽。心曲千萬端。悲來卻難說。別後唯所思。天涯共明月。

古別曲

山川古今路。縱橫無斷絕。來往天地間。人皆有離別。行衣未束帶。中腸已先結。不用看鏡中。自知生白髮。欲陳去留意。聲向言前咽。愁結塡心胸。茫茫若爲說。荒郊煙莽蒼。曠野風凄切。處處得相隨。人那不如月。

三言蓮眞即指蓮而有所戲耶

樂府戲贈陸大夫十二文三首

蓮子不可得，荷花生水中。猶勝道傍柳，無事（一作時）蕩春風。

淥萍與荷葉，同此一水中。風吹荷葉在，淥萍西復東。

蓮葉未開時，苦心終日卷。春水（一作風）徒蕩漾，荷花未開展。

戲答陸長源

戲即以通何
也

芙蓉初出水菡萏露中花。風吹着枯木。無奈值空槎。

勸善吟 醉會中贈郭行餘

瘦郎有志氣。相哀老龍鍾。勸我少吟詩。俗窄難爾容。一口百味別。況在醉會中。四座正當喧。片言何由通。顧余昧時調。居止多疎慵。見書眼始開。聞樂耳不聰。視聽互相隔。一身且莫同。天疾難自醫。詩癖將何攻。見君如見書。語善千萬重。自悲咄咄感。

壯語

變作煩惱翁。煩惱不可欺（一作不可欺古劍）古劍、澀亦雄、知君方少年。少年懷古風。藏書挂屋脊。不借與凡聾。我願拜少年。師之學崇崇從他笑爲矯。矯善亦可宗。

古

望夫石

望夫石夫不來兮江水碧。行人悠悠朝與暮。千年萬年色如故。

慣作寒語

寒江吟

冬至日光白始知陰氣凝寒。江波浪凍（一作急）千里無平

初吟寒江忽入感世

冰。飛鳥絶高羽，行人皆晏興。荻洲素浩渺，碕岸斷破碎。煙舟忽自阻。風帆不相乘。何况異形體，信任爲股肱。涉江莫涉淩。得意須得朋。結交非賢良，誰免生愛憎。凍水有再浪，失飛有載騰。一言縱醜詞，萬響無善應。取鑒諒不遠，江水千萬層。何當春風吹，利涉吾道弘。

感興上

審交

上起二語奇妙以下常語有之

劉云便極頓挫殆不可復得

又云亦通透有味

又云古意沉着甚有餘情

種樹須擇地，惡土變木根。結交若失人，中道生謪言。君子芳桂性，春榮（亦濃寒）冬更繁。小人槿花心，朝在夕不存。莫蹋冬冰堅，中有潛浪飜。唯當金石交，可以賢達論。

怨別

一別一廻老，志士白髮早。在富易爲容，居貧難自好。沉憂損性靈，服藥亦枯槁。秋風遊子衣，落日行遠道。君問去何之，賤身難自保。

新特

伯倫知己

百憂

萱草女兒花。不解壯士憂。壯士心是劍。爲君射斗牛。朝思除國讐。暮思除國讐（一作訛）。計盡山河畫。意窮草木籌。智士日千慮。愚夫唯四愁。何必在波濤。然後驚（一作生）沉浮。伯倫心不醉。四皓迹難留。出處各有時。衆議徒啾啾。

路病

病客無主人。艱哉求臥難。飛光赤道路。内火焦肺

孝子之言

大是求知己

肝。欲飲井泉竭。欲醫囊用單。稚顏能幾日。壯志忽已殘。人子不言苦。歸書但云安。愁環在我腸。宛轉終無端。

衰松

近世交道衰。青松落顏色。人心忌孤直。木性隨改易。既摧棲日榦。未展擎天力。終是君子材。還思君子識。

遺興

其音苦

絃貞五條音松直百尺心貞絃含古風直松淩高（一作五音識）
岑浮聲與狂花胡爲欲相侵

退居（一作老退）

退身何所食敗力不能閑種稻耕白水負薪砍青
山泉聽嘗已唱獨醒愁楚顏日暮靜歸時幽幽扣
松關

臥病（一作對客）

貧病誠可羞（一作數聲疏法）故床無新裘春色燒肌膚時飡苦咽

便是人子不言苦意

似道家諸子語

喉。倦寢意蒙昧。強言聲幽柔。承顏自俛仰。有淚不敢流。默默寸心中。朝愁續暮愁。

隱士

本末一相返。漂浮不還眞。山野多餓士。市井無饑人。虎豹忌當道。麋鹿知藏身。奈何貪競者。日與患害親。顏貌歲歲改。利心朝朝新。詎知富生禍。取富不取貧。寶玉忌出璞。出璞先爲塵。松柏忌出山。出山先爲薪。君子隱石壁。道書爲我隣。寢興思其義。

澹泊味始眞。陶公自放歸。尚平去有依。草木擇地生。禽鳥順性飛。青青與冥冥。所保各不違。

獨愁一作愁

前日遠別離。昨日生白髮。欲知萬里情。曉卧半床月。常恐百蟲鳴。使我芳艸歇。

春日有感

雨滴草芽出。一日長一日。風吹柳綫垂。一枝連一枝。獨有愁人顔。經春如等閑。且持酒滿盃。狂歌狂

急及鯉而語抑先得書耶

寫得很

笑來。

將見故人

故人季夏中。及此百餘日。無日不相思。明鏡改形色。寧知仲冬時。忽有相逢期。振衣起躑躅。頹鯉躍天池。

傷時

嘗聞貧賤士之常。草木富者莫相笑。男兒得路卽榮名。邂逅失途成不調。古人結交而重義。今人結

而字亦嫩

直說似話

既知卧白雲何必道破世情

交而重利。勸人一種種桃李。種亦直須遍天地。一生不愛囑人事。囑即直須爲生死。我亦不羨季倫富。我亦不笑原憲貧。有財有勢即相識。無財無勢同路人。因知世事（一作只）皆如此。却向東溪卧白雲。

寓言

誰言碧山曲。不廢青松直。誰言濁水泥。不污明月色。我有松月心。俗騁風霜力。貞明既如此。摧折安可得。

偶作

利劍不可近。美人不可親。利劍近傷手。美人近傷身。道險不在廣。十步能摧輪。情憂不在多。一夕能傷神。

勸學

擊石乃有火。不擊元無煙。人學始知道。不學非自然。萬事須已運。他得非我賢。青春須早爲。豈能長少年。

譬喻可觀

驕痴氣象不待畫出

結語有傷有諷

贈農人

勸爾勤耕田。盈爾倉中粟。勸爾伐桑株。減爾身上服。清霜一委地。萬草色不綠。狂飆一入林。萬葉不着木。青春如不耕。何以自結束。

長安早春

旭日朱樓光。東風不驚塵。公子醉未起。美人爭探春。探春不爲桑。探春不爲麥。日日出西園。秪望花柳色。乃知田家春。不入五侯宅。

立論何奇似有所妬

罪松

雖爲青松姿。霜風何所宜。二月天下樹。綠於青松枝。勿謂賢者喻。勿謂愚者規。伊呂代封爵。夷齊終身饑。彼曲既在斯。我正實在茲。涇流合渭流。清濁各自持。天令設四時。榮衰有常期。榮合隨時榮。衰合隨時衰。天令既不從。甚不敬天時。松乃不臣木。青青獨何爲。

感興

數詩傷亂大著忠憤

拔心草不死。去根柳亦榮。獨有失意人。恍然無力行。昔爲連理枝。今爲斷絃聲。連理時所重。斷絃今所輕。吾欲進孤舟。三峽水不平。（一作之）吾欲載車馬。太行路崢嶸。萬物根一氣。如何互相傾。

感懷八首

秋氣悲萬物。驚風振長道。登高有所思。寒雨傷百草。平生有親愛。零落不相保。五情今已傷。安得自能老。

晨登洛陽坂。目極天茫茫。羣物歸大化六龍頹西荒。豺狼日已多。草木日已霜。饑年無遺粟衆鳥去空塲。路傍誰家子。白首離故鄉。含酸望松柏。仰面訴穹蒼。去去勿復道。苦饑形貌傷。

徘徊不能寐。耿耿含酸辛。中夜登高樓。憶我舊星辰。四時互遷移。萬物何時春。唯憶首陽路。永謝當時人。

長安佳麗地。宮月生蛾眉。陰氣凝萬里。坐看芳草

大似陶令

襄玉堂有玄鳥亦以從此辭傷哉志士嘆故國多遲遲深宮豈無樂擾擾復何爲朝見名與利暮還生是非（一作業與非）姜牙佐周武世業永巍巍舉才天道親首陽誰采薇去去荒澤遠落日當西歸羲和駐其輪四海借餘暉極目何蕭條驚風正離披鴞鴟鳴高樹衆鳥相因依東方有一士歲暮常苦饑主人數相問脈脈今何爲貧賤亦有樂且願掩柴扉

火雲流素月。三五何明明。光曜侵白日。賢愚迷至精。四時更變化。天道有虧盈。常恐今已沒。須臾還復生。

河梁暮相遇。草草不復言。漢家正離亂。王粲別荆蠻。野澤何蕭條。悲風振空山。舉頭是星辰。念我何時還。親愛久別散。形神各離遷。未爲死生訣。長在心目間。

有鳥東西來。哀鳴過我前。願飛浮雲外。飲啄見青

七八

宜言貧富無偏頗乃真無偏頗耳不宜專言富貴

亦是常語

天。

達士

四時如逝水。百川皆東波。青春去不還。（一作迴）白髮鑷更多。達人識元氣。變愁爲高歌。傾産（一作杯）取一醉。富者奈貧何。君看土中宅。（一作足矣）富貴無偏頗。

暮秋感思二首

西風吹垂楊。條條脆如藕。上有噪日蟬。催人成皓首。亦恐旅步難。何獨朱顔醜。欲慰一時心。莫如千日酒。

優哉遵渚鴻。自得養身肯。不啄太倉粟。不飲方塘水。振羽擾浮雲。宜羅任徒爾。

古典

楚血未乾衣。荆虹尚埋輝。痛玉不痛身。抱璞求所歸。

勸友

至白湼不緇。至交淡不疑。人生靜躁殊。莫厭相箴

文武對語亡眼

不解題意後首更雜

規。膠漆武可接。金蘭文可思。堪嗟無心人。不如松栢枝。

夷門雪贈主人 是贈陸長源陸有荅詩

夷門貧士空吟雪。夷門豪士皆飲酒。酒聲歡閑入雪銷。雪聲激切悲枯朽。悲歡不同歸去來。萬里春風動江柳。

堯歌二首 一作舜歌前篇賞鄭氏莊客去婦後篇題逸

爾室何不安。爾孝無與齊。一言應對姑。一度爲出

妻。往轍才晚鐘。還轍及晨雞。往還跡徒新。狠戾意
獨迷。娥女無禮數。汚家如糞泥。父母吞聲哭。禽鳥
亦爲啼。如何天與惡。不得和鳴棲。
山色挽心肝。將歸盡日看。村肴籃擧子。野坐白髮
官。鸎夭方短短。花明碎攢攢。瑠璃堆可掬。琴瑟饒
多歡。翠韻仙窈窕。嵐漪山無端。養館洞庭秋。響答
虛吹彈。

孟東野詩集卷二終

孟東野目錄卷三

自歎

求友

投所知

病客吟

感懷

離思

結交

傷春

冬日

飢雪吟

偷詩

晚雪吟

自惜

老恨

詠懷上

湖州取解述情

下第東南行

歎命

遠遊

商州客舍

長安旅情

長安羈旅

渭上思歸

登科後

孟東野詩集卷三

唐　武康孟郊　撰

宋　天台國材　評

感興下

亂離

天下無義劒，中原多瘡痍。哀哀陸大夫，正直神反欺。子路已成血，嵇康今尚嗤。爲君每一慟，如劒在四肢。折羽不復飛，逝水不復歸。直松摧高柯，弱蔓

劉云起淂似苦曲折又極豪暢善道人意

將何依。朝爲春日權。夕爲秋日悲。淚下無尺寸。紛紛天雨絲。積怨成疢疢。積恨成狂癡。怨草豈有邊。恨水豈有涯。怨恨馳我心。茫茫日何之。

勸酒

白日無定影。清江無定波。人無百年壽。百年復如何。堂上陳美酒。堂下列清歌。勸君金曲巵。勿謂朱顏酡。松栢歲歲茂。丘陵日日多。君看終南山。千古青峩峩。

本色語

慣作爾許語

去婦

君心匣中鏡。一破不復全。妾心藕中絲。雖斷猶牽連。安知御輪士。今日翻迴轅。一女事一夫。安可再移天。君聽去鶴言。哀哀七絲絃。

君子勿鬱鬱士有謗毁者作詩以贈之二首

君子勿鬱鬱。聽我青蠅歌。人間少平地。森聳山嶽多。折輈不在道。覆舟不在河。須知一尺水。日夜增高波。叔孫毁仲尼。臧倉掩孟軻。蘭艾不同香。自然

無心有意寫時自別

難爲和。良玉燒不熱。直竹文不頗。自古皆如此其如道在何。
日往復不見。秋堂暮仍學。玄髮不知白。曉入寒銅覺。爲林未離樹。有玉猶在璞。誰把碧梧枝。刻作雲門樂。

聞砧

杜鵑聲不哀。斷猿啼（一作叫）不切。月下誰家砧。一聲腸一絕。杵聲不爲客。客聞髮自白。杵聲不爲衣。欲令遊

意謂念子故忘花然只是倚門而望不足復詠

便似說話不長成詩

子歸。

遊子

萱草生堂階。遊子行天涯。慈親倚堂門。不見萱草花。

自歎

愁與髮相形。一愁白數莖。有髮能幾多。禁愁日日生。古若不置兵。天下無戰爭。古若不置名。道路無欹傾。太行聳巍峩。是天產不平。黃河奔濁浪。是天

此語不合

生不清。四蹄日吕多。雙輪日日成。一物不在天。安能免營營。

求友

北風臨大海。堅冰臨河面。下有大波瀾。對之無由見。求友須在良。得良終相善。求友若非良。非良中道變。欲知求友心。先把黃金鍊。

投所知

苦心知苦節。不容一毛髮。鍊金索堅貞。洗玉求明潔。自慙所業微。功用如鳩拙。何殊嫫母顏。對彼寒塘月。君存古人心。道出古人轍。盡美固可揚。片善亦不遏。朝向公卿說。暮向公卿說。誰謂黃鐘管。化爲君子舌。一說清嶰竹。二說變嶰谷。三說四說時。寒花折寒木。瞨瞨家道路。燦燦我衣服。豈直輝友朋。亦用慰骨肉。一暖荷疋素。一飽荷升粟。而況大恩恩。此身報得足。且將食蘗勞。酬之作金刀。

病客吟

兒女態太甚
未免寒乞在

主人夜呻吟。皆入妻子心。遠客（一作客子）晝呻吟。徒爲蟲鳥音。妻子手中病。愁思不復深。僮僕手中病。憂危獨難任。丈夫久漂泊。神氣自然沉。況於滯疾中。何人免嗽歎。大海亦有涯。高山亦有岑。沉（一作此）憂獨無極。塵淚欲（一作且）盈襟。

感懷

孟冬陰氣交。兩河正屯兵。煙塵相馳突。烽火日夜驚。太行險阻高。輓粟輸連營。奈何操弧者。不使梟巢傾。猶聞漢北兒。怙亂謀縱橫。擅搖干戈柄。呼吁豺狼聲。白日臨爾軀。胡爲喪丹誠。豈無感激士。以致天下平。登高望寒原。黄雲鬱崢嶸。坐馳悲風暮。歎息空沾纓。

離思

不寐亦不語。片月秋稍舉。孤鴻憶霜羣。獨鶴叫雲侶。怨彼浮花心。飄飄無定所。高張繫緯帆。遠過梅根渚。迴織別離字。機聲有酸楚。

漆語畫出

結交

鑄鏡須青銅。青銅易磨拭。結交遠小人。小人難姑息。鑄鏡圖鑑微。結交圖相依。凡銅不可照。小人多是非。

傷春

兩河春艸海水清。十年征戰城郭腥。亂兵殺兒將女去。二月三月花冥冥。千里無人旋風起。鸜鵒啼燕語荒城裏。春色不揀墓傍枝。紅顏皓色逐春去。春

結得古

去春來那得知。令人看花古人墓。令人惆悵山頭路。

便是人面獸心獸面人心二語衍出可許

太近道理

擇友

獸中有人性。形異遭人隔。人中有獸心。幾人能真識。古人形似獸。皆有大聖德。今人表似人。獸心安可測。雖笑未必和。雖哭未必戚。面結口頭交。肚裏生荊棘。好人常直道。不順世間逆。惡人巧諂多。非義苟且得。若是傚真人。堅心如鐵石。不諂亦不欺。

不奢復不溺。面無惂色容。心無詐憂惕。君子大道人。朝夕恒的的。

夜憂

豈獨科斗死。聽嗟文字捐。蒿蔓轉驕王。菱荇減嬋娟。未遂擺鱗志。空思吹浪旋。何當再霖雨。洗濯生華鮮。

惜苦

于鵠值諫議。以毬不能官。焦蒙値舍人。以盃不得完。可惜大雅旨。意此小團欒。名迴不敢辨。心轉寔是難。不惜爲君轉。轉非君子觀。轉之復轉之。強轉誰能歡。哀哉虛轉言。不可窮波瀾。

寒地百姓吟 爲鄭相其年居河南畿內百姓大蒙矜卹

無火炙地眠。半夜皆立號。冷箭何處來。棘針風騷勞。(作騷)霜吹破四壁。苦痛不可逃。高堂搥鐘飲到曉聞烹炮。寒者願爲蛾。燒死彼華膏。華膏隔仙羅。虛遶千萬遭。到頭落地死。踏地爲遊遨。遊遨者是誰。君

可傷

自負乃爾

恨甚即東方侏儒之意

子爲鬱陶。

出東門

餓馬骨亦聳。獨驅出東門。少年一日程。衰叟十日奔。寒景不我爲。疾走落平原。眇默荒草行。恐懼夜魄飄。一生自組織。千首大雅言。道路如抽蠶。宛轉羈腸繁。

教坊歌兒

十歲小小兒。能歌得聞天。（一作列）六十孤老人。能詩獨臨

訪疾遂饋以藥

奇極賓之初筵所未盡

川去年西京寺。衆伶集講筵。能嘶竹枝詞供養繩床禪。能詩不如歌悵望三百篇。

訪疾

冷氣入瘡痛夜來痛如何。瘡從公怒生。豈以私恨多。公怒亦非道。怒消乃天和。古有煥輝句嵇康閑婆娑。請君吟嘯之。正氣庶不訛。

酒德

酒是古明鏡輾開小人心。醉見異舉止。醉聞異聲

苦甚無味

音酒功如此多，酒屈亦以深。罪人免罪酒，如此可爲箴。

冬日

老人行人事，百一不及周。凍馬四蹄吃，陟卓難自收。短景仄飛過，午光不上頭。少壯日與輝，衰老日與愁。日愁疑在月，歲箭迸如讎。萬事有何味，一生虛自囚。不知文字利，到死空遨遊。

饑雪吟

有所指

不解題意詩意亦晴

饑烏夜相啄。瘡聲互悲鳴。冰腸一直刀。天殺無曲情。大雪壓梧桐。折柴墮崢嶸。安知鸞鳳巢。不與梟鳶傾。下有幸災兒。拾遺多新爭。但求彼失所。但誇此經營。君子亦拾遺。拾遺非拾名。將補鸞鳳巢。免與梟鳶并。因爲饑雪吟。至曉竟不平。

偷詩

餓犬齚枯骨。自喫饞饑涎。今文與古文。各各稱可憐。亦如嬰兒食。餳桃口旋旋。唯有一點味。豈見逃景延纏床獨坐翁。默覽有所傳。終當罷文字。别著逍遥篇。從來文字淨。君子不以賢。

晚雪吟

貧富喜雪晴。出門意皆饒。鏡海見纖悉。冰天步飄颻。一一仙子行。家家塵聲銷。小兒擊玉指。大耋歌聖朝。春氣流不盡。瑞仙何曼寥。始知望幸色。終疑興禮招。市井亦清潔。閭閻聳岧嶢。苍生願東顧。翠華仍西遥。天念豈薄厚。宸衷多憂焦。憂焦致太平。

以茲時比堯。古耳有未通。新詞有潸韶。甘爲酒伶擯。坐聦歌女嬌。選音不易言。裁正逢今朝。今朝前古文。律異同一調。顧於堯琯中。奏盡鬱抑謡。

自惜

傾盡眼中力。抄詩過與人。自悲風雅老。恐被巴竹嗔。零落雪文字。分明鏡精神。坐甘冰抱晚。永謝酒懷春。徒有言言舊。慚無默默新。始驚儒教誤。漸與佛乘親。

可憐

老恨

無子抄文字。老吟多飄零。有時吐向床，桃席不解聽。闘蟻甚微細。病聞亦清冷。小大不自識。自然天性靈。

詠懷上

湖州取解述情

霅水徒清深。照影不照心。白鶴未輕舉。衆鳥爭浮沉。因茲挂帆去。遂作歸山吟。

劉云世上若語狀索畧盡

落第

曉月難爲光，愁人難爲腸。誰言春物榮，豈見葉上霜。（一作獨見花上霜）鵰鶚（一作鵰鶚飛失勢）失勢病，鷦鷯假（一作改）翼翔。棄置復棄置，情如刀刃傷。

詠情（一作感情）

濁水心（一作以）易傾，明波興初發。思逢海底人，乞取蚌中月。此興若未諧，此心終不歇。

病起言懷

即是約畧羅公署門語

劉云創識

強行尋溪水（一作泠）洗却殘病姿花景晼晚盡麥風淸冷吹交道賤來見世情貧去知高閑思楚逸澹泊厭齊兒終伴碧山侶結言靑桂枝

秋夕貧居述懷

臥冷無遠夢聽秋酸別情高枝低枝風千葉萬葉聲淺水不供飮瘦田長廢耕今交非古交貧語聞皆輕

夜感自遣 一作失志夜坐思歸又作苦學吟

皆然々々

太苦何至於此他年一日看遍許多花矣之偏重

劉云悠々痛憤不可堪

夜學曉未休。苦吟神鬼愁。如何不自閑。心與身爲讎。死辱片時痛。生辱長年羞。清桂無直枝。碧江思舊遊。

再下第

一夕九起嗟。夢短不到家。兩度長安陌。空將淚見花。

下第東歸留別長安知己

共照日月影。獨爲愁思人。（一作鶗鴂等閑鳴）豈知鶗鴂鳴。瑤艸不得自憤亦醜。玩結句亦是恃其知己耳。

春。一片兩片雲。千里萬里身。雲歸嵩之陽。身寄江之濆。棄置復何道。楚情吟白蘋。

失意歸吳因寄東臺劉復侍御

自念西上身。忽隨東歸風。長安日下影。又落江湖中。離婁豈不明。子野豈不聰。至寶非眼別。至音非耳通。因緘（一作懷）俗外詞。仰寄高天鴻。

下第東南行

越風東南清。楚日瀟湘明。試逐伯鸞去。還作靈均

文人同恨

行。江蘺伴我泣。海月投人驚。失意容貌改。畏途性命輕。時聞喪侶猿。一叫千愁并（一作生）。

歎命

三十年來命。唯藏一卦中。題詩還怨易。問易蒙復蒙。本望文字達。今因文字窮。影孤別離月。衣破道路風。歸去不自息。耕耘成楚農。

遠遊

慈烏不遠飛。孝子念先歸。而我獨何事。四時心有

感訣詩中此意良多

違。江海戀空積。波濤信來稀。長爲路傍食。着盡家中衣。別（一作烈）劒不割物。離人難作威。遠行少僮僕。驅使無是非。爲性玩好盡。積愁心緒微。始知時節駛（一作夏）。愛日非長輝。

商州客舍

商山風雪壯。遊子衣裳單。四望失道路。百憂攢肺肝。日短覺易老。夜長知至寒。淚流瀟湘絃。調苦屈宋彈。識聲今所易。識意古所難。聲意今詎辨。高明鑒其端。

長安旅情

説盡青雲路。有足皆可至。我馬亦四蹄。出門似無地。玉京十二樓。峩峩倚青翠。下有千朱門。何門薦孤士。

長安羈旅

聽樂別離中。聲聲入幽腸。曉淚滴楚瑟。夜魄遶吳鄉。幾迴羈旅情。夢覺殘燭光。

失意處非驕幽憤過甚得意後便爾驕肆放蕩何語未免寒態

得意亦有限

渭上思歸

獨訪千里信。迴臨千里河。家在（一作住）吳楚鄉。淚寄東南（一作流）波。

登科後

昔日齷齪不足誇。今朝放蕩思無涯。春風得意馬蹄疾。一日看盡長安花。

初於洛中選

塵土日易没。驅馳力無餘。青雲不我與。白首方選

妙語自造

書宦途事非遠拙者取自疎終然戀皇邑誓以結吾廬帝城富高門京路遶勝居碧水走龍狀蜿蜒遶庭除尋常異方客過此亦踟躕

乙酉歲舍弟扶侍歸義興莊居後獨止舍待替人

誰言舊居止主人忽成客僮僕強與言相懼終䏌䏌出亦何所求入亦何所索飲食迷精麤衣裳失寛窄迴風卷閉簞新月生空壁士有百役身官無

一姓宅。丈夫恥自飾。衰鬢從飀白。蘭交早已謝。榆景從相追。惟予心中鏡。不語光歷歷。

西齋養病夜懷多感因呈上從叔子雲

遠客夜衣薄。厭眠待雞鳴。一床空月色。四壁秋蛩聲。守淡遺衆俗。養痾念餘生。方全君子拙。恥學小人明。蚊蚋亦有時。羽毛各有成。如何騏驥跡。踡跼未能行。西北有平路。運來無相輕。

孟東野詩集卷三終

孟東野目錄卷四

和皇甫判官遊琅琊溪

孟東野詩集卷四

唐　武康孟郊　撰

宋　天台國材　評

詠懷下

秋懷十五首

孤骨夜難臥。吟蟲相喞喞。老泣無涕洟。（一作淚）秋露爲滴瀝。去壯暫如翦。來衰紛似織。觸緒無新心。叢悲有餘憶。詎忍逐南帆。江山踐往昔。

劉云精語

煉字多刻苦

秋月顏色冰老客志氣單。冷露滴夢破。峭風梳骨寒。席上印病文。腸中轉愁盤。疑懷無所憑。虛聽多無端。梧桐枯崢嶸。聲響如哀彈。

一尺月透戶。仡栗如劍飛。老骨坐亦驚。病力所尚微。蟲苦貪（一作含）剪色。鳥危巢焚輝。孀娥（一作焰焰）理故絲。孤（一作生）哭抽餘思。浮年不可追。衰步多夕歸。

秋至老更貧。破屋無門扉。一片月落床。四壁風入衣。疎夢不復遠。弱心良易歸。商葩將去綠。繚繞爭

酸呻瘦攢必語不造

餘輝。野步踏事少。病謀向物違。幽幽草根蟲。生意與我微。

竹風相戞語。幽閨暗中聞。鬼神滿衰聽。恍惚難自分。商葉隨乾雨。秋衣臥單雲。病骨可剸物。酸呻亦成文。瘦攢如此枯。壯落隨西曛。裊裊一線命。徒言繫絪緼。

老骨懼秋月。秋月刀劍稜。纖輝不可干。冷箟坐自凝。羇雌巢空鏡。仙飆蕩浮冰。驚步恐自翻。病大不敢凌。單牀寤皎皎。瘦臥心兢兢。洗河不見水。透濁爲清澄。詩壯昔空説。詩衰今何憑。

老病多異慮。朝夕非一心。商蟲哭衰運。繁響不可尋。秋草瘦如髮。貞芳綴疎金。晚鮮詎幾時。馳景還易陰。弱習徒自恥。暮知欲何任。露才一見讒。潛智早已深。防深不防露。此意古所箴。

歲暮景氣乾。秋風兵甲聲。織織勞無衣。喓喓徒自鳴。商聲聳中夜。蹇支廢前行。青髮如秋園。一翦不

秋語之最泿者

復生。少年如餓花。瞥見不復明。君子山嶽定。小人
絲毫爭。多爭多無壽。天道戒其盈。
冷露多瘁索。枯風曉吹噓。秋深月清苦。蟲老聲麤
疎。赬珠枝纍纍。芳金蔓舒舒。草木亦趣時。寒榮似
春餘。自悲零落生。與我心何如。
老人朝夕異。生死每日中。坐隨一啜安。臥與萬景
空。視短不到門。聽澀詎逐風。還如刻削形。免有纖
悉聰。浪浪謝初始。皎皎幸歸終。孤隔文章友。親密

蒿萊翁。歲綠閔以黃。秋節迸已（一作又）窮。四時既相迫。萬
慮自然叢。南逸浩淼際。北貧磽确中。曩懷沉遙江。
衰思結秋蓬。鋤食難滿腹。葉衣多醜躬。塵縷不自
整。古吟將誰通。幽竹嘯鬼神。楚鐵生虬龍。志士多
異感。運鬱由邪衷。常思書破衣。至死教初童。習樂
莫習聲。習聲多頑聾。明明胸中言。願寫爲高崇。
幽苦日日甚。老力步步微。常恐暫下牀。至門不復
歸。饑者重一食。寒者重一衣。泛廣豈無淚。恣行亦

皆遣

傾自負

有隨（一作隨時）語中失次第。身外生瘡痍。桂蠹既潛汚（一作杇）。桂花損貞姿。詈言一失香。千古聞臭詞。將死始前悔。前悔不可追。哀哉輕薄行。終日與駟（一作歡驕）馳。流運閃欲盡。枯折皆相號。棘枝風哭酸。桐葉霜顏高。老蟲乾鐵鳴。驚獸孤玉咆。商氣洗聲（一作淌）瘦。晚陰驅景勞。集耳不可過。噎神不可逃。蹇行散餘鬱。幽坐誰與曹。抽壯無一線。剪懷盈千刀。清詩（一作詩淸恨名郁）既名眺。金菊亦姓陶。收拾昔所棄。咨嗟今比毛。幽幽歲晏言。

孟東野卷四　四

疑上集再六是聳耳

零落不可操。

霜氣入病骨。老人身生氷。衰毛暗相刺。冷痛不可勝。燾燾神至明。強強攬所憑。瘦坐形欲折。腹饑心將崩。勸藥左右愚。言語如見憎。聳耳噎神開。（潛燕神氣閒）始知功用能。（一作肴）日中視餘瘡。暗鑠（一作滌）聞繩（一作紉）蠅。彼齅一何酷。此味半點凝。潛毒爾無猒。餘生我堪矜。凍飛幸不遠。冬令反心懲。出沒各有時。寒熱苦（一作淡）相凌。仰謝調運翁。請命願有微。

忍古失古語
意皆造

奇崛

黃河倒上天。衆水有却來。人心不及水。一直去不迴。一直亦有巧。不肯至蓬萊。一直不知疲。唯聞至省臺。忍古不失古。失古志易摧。失古劍亦折。失古琴亦哀。夫子失古淚。當時落漼漼。詩老失古心。至今寒皚皚。古骨無濁肉。古衣無蕪苔。勸君勉忍古。忍古銷塵埃。

一作詈劍

詈言不見血。殺人何紛紛。聲如窮家犬。吠竇何誾誾。詈痛幽鬼哭。詈侵黃金貧。言詞豈用多。憔悴在

何其憤〻

作菜是敢菜
何以火邪

一聞。古詈舌不死。至今書云云。今人詠古書。善惡宜自分。秦火不爇舌。古秦火空爇文。所以詈更生。至今横絪緼。

靖安寄居

寄静不寄華。愛兹嵽嵲居。渴飲濁清泉。饑食無名蔬。敗菜不敢火。補衣一寫書。古云儉成德。今乃寔起予。愬叟愬不足。賢人賢有餘。役生皆促促。心竟誰舒舒。萬馬踏風衢。衆塵隨奔車。高賓盡不見。大道夜方虛。臥有洞庭夢。坐無長安儲。英髦空駭耳。
煙火獨微如。厚念恐傷性。薄田憶親鋤。一作於承世不出
力。冬竹肯抽葅。外物莫相誘。約心誓從初。碧芳既
似水。日日咏歸歟。

雪

忽然太行雪。昨夜飛入來。崚嶒墮庭中。嚴白何皚
皚。奴婢曉開戶。四肢凍徘徊。咽言詞不成。告訴情
狀摧。官給未入門。家人盡以灰。意勸莫笑雪。笑雪

善愁者古甚
是春色

貧爲災。將暖此殘疾。典賣爭致盃。教令再舉手。誇耀餘生才。強起吐巧詞。委曲多新裁。爲爾作非夫。忍恥轟喝雷。書之與君子。庶免生嫌猜。

春愁

春物與愁客。遇時各有違。故花辭新枝。新淚落故衣。日暮兩寂寞。飄然亦同歸。

懊惱

惡詩皆得官。好詩空抱山。抱山冷殑殑。終日悲顏

何不平也然亦太露

顏。好詩更相嫉。劍戟生牙關。前賢死已久。猶在咀嚼間。以我殘杪身。清峭養高閑。求閑未得閑。衆誚瞋虤虤。

遊適上

遊城南韓氏莊

初疑瀟湘水。鎖在朱門中。時見水底月。（一作有時池底山）搖動池上風。清氣潤竹木。白光連虛空。浪簇霄漢羽。岸芳金碧叢。何言數畝間。環泛路不窮。願逐神仙侶。（一作常恭）飄然（一作泛茲）

汗漫遊。

與二三友秋宵會話清上人院

何處山不幽。此中情又別。一僧敲一磬。七子吟秋月。激石泉韻清。寄枝風嘯咽。冷然諸境靜。頓覺浮累滅。扣寂兼探眞。通宵詎能輟。

夜集

好鳥無襍棲。華堂有嘉擕。琴樽互傾奏。歌賦相和諧。但嘉魚水合。莫令雲雨乖。一爲鵾鷄彈。再鼓壯

趑便苦

士懷。初景待誰曉。新春逐（一作還）君來。願言良友會。高駕不知廻。

招文士飲

曹劉不免死。誰敢負年華。文士莫辭酒。詩人命屬花。退之如放逐。李白自矜夸。萬古忽將似。一朝同嘆嗟。何言天道正。獨使地形斜。南士愁多病。北人悲去家。梅芳已流管（何妨微異古體）。柳色未藏鴉。相勸罷吟雪。相從愁飲霞。醒時不可過。愁海浩無涯。

陪侍御叔遊城南山墅

夜坐擁腫亭。晝登崔巍岑。日窺萬峰首。月見雙泉心。松風清耳目。竹氛碧衣襟。佇想琅玕字。數聽枯槁吟。

登華嚴寺樓望終南山贈林校書兄弟

地脊亞爲崖。聳出冥冥中。樓根揷迥雲。殿翼翔危空。前山貽元氣。靈異生不窮。勢吞萬象高。秀奪五嶽雄。一望俗慮醒。再登仙願崇。青蓮三居士。晝景

描得自別与摩詰各有其至

劉云未知其下云何即此其出有不容至

又云警異

似律二語又似襄陽律

真賞同。

遊終南山

南山塞天地。日月石上生。高峰夜留景。太白峯西黃昏後見餘日深谷晝未明。山中人自正。路險心亦平。長風驅松柏。聲拂萬壑清。到此悔讀書。朝朝近浮名。

遊終南龍池寺

飛鳥不到處。僧房終南巔。龍在水長碧。雨開山更鮮。步出白日上。坐依清溪邊。地寒松桂短。石險道一作[illegible]

如此詠物皆嫩俗

路偏曉磬送歸客數聲落遥天

南陽公請東櫻桃亭子春讌

萬木皆未秀一株先含春此地獨何力我公布深仁霜葉日舒卷風枝遠埃塵初英濯紫霞飛雨流清津賞異出叢襍折芳積懽忻文心兹焉重俗尚安能珍碧玉粧粉比飛瓊穠艷均鴛鴦七十二花態併相新常恐遺秀志廼兹廣讌陳芳菲爭勝引歌詠竟良辰方知戲馬會永謝登龍賓

俊

遊華山雲臺觀

華嶽獨靈異。草木恒新鮮。山盡五色石。水無一色泉。仙酒不醉人。仙芝皆延年。夜聞明星館。時韻女蘿絃。敬茲不能寐。焚栢吟道篇。

喜與長文上人宿李秀才小山池亭

燈盡語不盡。主人庭砌幽。柳枝星影曙。蘭葉露華浮。塊嶺笑翠岫。片池輕泉流。更聞清淨子。逸唱頗難儔。

邀花伴 時在朔方

池邊春不足。十里見一花。及時須遨遊。日暮饒風沙。

石淙十首

巖谷不自勝。水木幽奇多。朔風入空曲。涇一作經流無大波。迢遞徑難盡。參差勢相羅。雪霜有時洗。塵土無由和。潔冷誠未厭。晚步將如何。

出曲水未斷。入山深更重。泠泠若仙語。皎皎多異

數首語意俱似謎

容。萬響不相雜。四時皆有濃。日月互分照。雲霞各生峰。久迷向方理。逮茲聳前蹤。

荒策每恣遠。驀步難自廻。已抱苔蘚疾（一作病）。尚凌潺湲隈。躋攀苦銜勒。籠禽恨摧頹。實力苟未足。浮誇信悠哉。顧惟非時用。靜言還自咍。

朔水刀劍利。秋石瓊瑤鮮。魚龍氣不腥。潭洞狀更妍。磴雪入呀谷。掬星灑遥天。聲忙（一作迫）不及韻。勢疾多斷漣。輸去雖有恨。躁氣（一作細）一何顛。蜿蜒相纏掣。犖确

亦迴旋。黑草濯鐵髮，白苔浮冰錢。具（一作其）生此云遙。非

德不可甄。何况被犀士，制之空以權。始知靜剛猛。

文教從來先。

空谷聳視聽。幽湍澤心靈。疾流脫鱗甲。疊岸衝風

霆。丹巘隋壞景。霽波灼（一作閃）虛形。淙淙豗厚軸。稜稜攢

高冥。弱棧跨旋碧。危梯倚凝青。飄飄鶴骨仙。飛動

鼇背庭。常（一作停）聞誇大言。下顧皆細萍。

百尺明鏡流。千曲寒星飛。爲君洗故物。有色如新

衣。不飲泥土污。但飲雪霜肌。石稜玉纖纖。草色瓊霏霏。谷嵦有餘力。溪舂亦多機。從來一智萌。能使衆利歸。因之山水中。喧然論是非。

入深得奇趣。昇險爲良躋。搜勝有聞見。逃俗無蹤蹊。穴流恣迴轉。竅景忘東西。顛獸鮮猜懼。羅人巧罝罤。幽馳異處所。忍慮多端倪。虛獲我何飽。實歸彼非迷。斯文浪云潔。此旨誰得齊。

屑珠瀉潺湲。裂玉何威瓌。若調千琴絃。未果一曲諧。古駭毛髮慄。險驚視聽乖。二（一作止）老皆勁骨。風趨緣欹崖。地遠有餘（一作遊）美。我遊採棄（一作亦）懷。乘時幸勤鑒。前恨多幽霾。弱力詡剛健。蹇策貴安排。始知隨事靜。何必當夕齋。

昔浮南渡颰。今攀朔山景。物色多瘦削。吟笑還孤永。日月凍有稜。雪霜空無影。玉噴不生冰。瑶渦旋成井。潛角時聳光。隱鱗乍漂冏。再吟獲新勝。返步失前省。惬懷雖已多。惕慮未能整。頽陽落何處。昇

語造

結之別

魄銜踈嶺。聖朝搜巖谷。此地多遺玩。怠惰成遠遊。頑踈恣靈觀。勁飈刷幽視。怒水懾餘湍。曾是結芳誠。遠茲勉流倦。冰條聳危慮。霜翠瑩遐眄。物誘信多端。荒尋諒難遍。去矣朔之隅。翛然楚之甸。

遊韋七洞庭別業

洞庭如瀟湘。疊翠蕩浮碧。松桂無赤日。風物饒清激。逍遙展幽韻。參差逗良覿。道勝不知疲。冥搜自

峻石激湍間乃知此二語之妙

無斁曠然青霞抱永矣白雲適崆峒非凡鄉蓬瀛
在仙籍無言從遠尚還思君子識波濤漱古岸鏗
一作淡泊山之陂
鏘辨奇石靈響非外求殊音自中積人皆走煩濁
君能致虛寂何以祛擾擾叩調清淅淅既懼豪華
損誓從詩書益一舉獨往姿再擢飛遁跡山深有
變異意惬無驚惕採翠奪日月照耀迷晝夕松齋
何用掃蘿院自然滌業峻謝煩蕪文高追古昔暫
逕朱門戀終立青史績物表易淹留人間重離析

日一作動一作夕

難隨洞庭酌。且醉橫塘席。

越中山水

日覺耳目勝、我來山水州。蓬瀛若髣髴、田野如泛浮。碧嶂幾千遶、清泉萬餘流。莫窮合沓步、孰盡派別遊。越水淨難汚、越天陰易收。氣鮮無隱物、目視遠更周。舉俗媚葱蒨、連冬擷芳柔。菱湖有餘翠、茗圃無荒疇。賞異忽已遠、探奇誠淹留。永言終南色、去矣銷人憂。

嘉賓一作[illegible]
謗一作舊友

春集越州皇甫秀才山亭

嘉賓在何處，置亭春山巔。顧余寂寞者，謬厠芳菲筵。視聽日澄澈，聲光坐連綿。晴湖瀉峰嶂，翠浪多萍蘚。何以逞高志，爲君吟秋天。一作篇

和皇甫判官遊瑯琊溪

山中瑠璃境，物外瑯琊溪。房廊逐巖壑，道路隨高低。碧瀨漱白石，翠煙含青蜺。客來暫遊踐，意欲忘簪珪。樹杪燈火夕，雲端鐘梵齊。時同雖可仰，跡異

難相攜。唯嘗清宵夢。髣髴願攀躋。

孟東野詩集卷四終

孟東野目錄卷五

遊適下

汝州南潭陪陸中丞公讌

汝州陸中丞席喜張從事至同賦十韻

夜集汝州郡齋聽陸僧辯彈琴

同年春讌

羅氏花下奉招陳侍御

遊石龍渦

浮石亭

看花五首

濟源春

濟源寒食七首

遊枋口二首 一

與王二十一員外涯遊枋口柳溪

與王二十一員外涯游昭成寺

嵩少

居處

孟東野詩集卷五

唐　武康孟郊　撰

宋　天台國材　評

遊適

汝州南潭陪陸中丞公讌

一雨百泉漲。南潭夜來深。分明碧沙底。寫出青天心。遠客洞庭至。因茲滌煩襟。既登飛雲舫。（一作秀 [last character uncertain]）頫奏清風琴。高岸立旗戟。潛蛟失浮沉。威稜護斯浸。魍魎

耳目二句生甚不成語

逃所侵。山態變初霽。木聲流新音。耳目極眺聽。潺湲與嶔岑。誰言柳太守。空有白蘋吟。

汝州陸中丞席喜張從事至同賦十韻

汝水無濁波。汝山饒奇石。大賢爲此郡。佳士來如積。有客乘白駒。奉義愜所適。淸風蕩華館。雅瑟泛瑶席。芳醑靜無喧。金樽光有滌。縱情詠慮損。聽論自招益。願折若木枝。却彼曜靈夕。貴賤一相接。憂悰忽轉易。會合勿言輕。別離古來惜。請君駐征車。

作憂心一作[illegible]

流利
此亦便可作
東野五律

良遇難再覯。

夜集汝州郡齋聽陸僧辯彈琴

康樂寵詞客，清宵意無窮。徵文北山（一作夜）外，借月南樓中。千里愁併盡，一樽歡暫同。胡爲戛楚琴（一作鼓），淅瀝起寒風。

同年春燕

少年三十士，嘉會良在茲。高歌搖春風，醉舞摧花枝。意蕩晼晚景，喜凝芳菲時。馬跡攢騕褭，樂聲韻

有還意

參差視聽改舊趣物象含新姿紅雨花上滴綠煙柳際垂淹中講精義南皮獻清詞前賢與今人千載爲一期明鑒有皎潔澄玉無磷緇永與沙泥別各整雲漢儀盛氣自中積英名日四馳塞鴻絕儔匹海月難等夷鬱折忽已盡親朋樂無涯幽蘅發空曲芳杜綿所思浮跡自聚散壯心誰別離願保金石志無令有奪移

羅氏苑下奉招陳侍御

起語奇

有所感

好賦語

眼在枝上春。落地成埃塵。不是風流者。誰爲攀折人。寧辭波浪闊。莫道往來頻。拾紫豈宜晚。掇芳須及晨。勞收賈生淚。強起屈平身。花下本無俗。酒中別有神。遊蜂不飲故。戲蝶亦爭新。萬物盡如此。過時非所珍。

遊石龍渦 四壁千仞散泉如雨

石龍不見形。石雨如散星。山下晴皎皎。山中陰泠泠。水飛林木杪。珠綴莓苔屏。蓄異物皆別。當晨景欲暝。泉芳春氣碧。松月寒色青。險力此獨壯。猛獸亦不停。日暮且迴去。浮心恨未寧。

浮石亭

曾是風雨力。崔巍漂來時。落星夜皎潔。近榜朝迤逶。翠瀲遞明滅。清淥瀉欹危。況逢蓬島仙。會合良在茲。

看花五首

家家有芍藥。不妨至溫柔。溫柔一同女。紅笑笑不

休。月娥雙雙下。楚艷枝枝浮。洞裏逢仙人。綽約青
宵遊。
芍藥誰爲壻。人人不敢來。唯應待詩老。日日殷勤
開。玉立無氣力。春凝且徘徊。將何謝青春。痛飲一
百杯。
芍藥吹欲盡。無奈曉風何。餘花欲誰待。唯待諫郎
過。諫郎不事俗。黃金買高歌。高歌夜更清。花意晚
更多。

五字有意

飲之不見底。醉倒深紅波。紅波蕩諫心。諫心終無它。獨遊終難醉。挈榼徒經過。閑花未解語。勸得酒無多。

三年此村落。春色入心悲。料得一孀婦。一作寡經時獨淚垂。

濟源春

太行橫偃春。百里芳崔巍。濟濱花異顏。枋口雲如裁。新畫彩色濕。上界光影來。深紅縷草木。淺碧珩

如此造語自妙自古

沂洄千家門前飲。一道傳禊杯。玉鱗吞金鉤。仙璇瑠璃開。朴童茂言語。善俗無驚猜。狂吹寢恒宴。曉清夢先迴。治生鮮惰夫。積學多深材。再遊詎癲顛。一洗驚塵埃。

濟源寒食七首

風巢嫋嫋春鴉鴉。無子老人仰面嗟。柳弓葦（一作蒿矢）箭覷不見。高紅遠綠來相遮。

女嬋（一作婶）童子黃短短。耳中聞人惜春晚。逃蜂匿蝶踏

亦趣亦寒

隨
對景忽入心
事亦其寒處

地來拋却齋糜一箸椀。
一日踏春一百迴。朝朝沒脚走芳埃。饑童餓馬掃
花餵。向晚飲溪三兩杯。
蘼苔井上空相憶。轆轤索斷無消息。酒人皆倚春
髮綠。病叟獨藏秋髮白。
長安落花飛上天。南風引至三殿前。可憐春物亦
朝謁。唯我孤（一作獨）吟渭水邊。
枋口花間掣手歸。嵩（一作小）陽爲我留（一作駐）紅轡。可憐躑躅千

萬尺。枉地枉天疑（一作今）欲飛。

蜜蜂爲主各磨牙。咬盡村中萬木花。君家甕甕今應滿。五色冬籠甚可誇。

遊枋口二首

一步復一步。出行（一作行路）千里幽。爲取山水意。故作寂寞遊。太行青巔高。枋口碧照浮。明明無底鏡。泛泛忘機鷗。老逸不自限。病狂不可周。恣閑饒淡薄。怠玩多淹留。芳物競晼晚。綠梢挂新柔。和友鸎相違。（一作和友鸎相違。飛）言

如作作語絶無遐意

虞亦似稠

語亦似稠。始知萬類然。靜躁難相求。聳我殘病骨。健如一仙人。鏡中照千里。鏡泿同百神。此神日月華。不作尋常春。三十夜皆明。四時晝恒新。鳥聲盡依依。獸心亦忻忻。澄幽出所怪。閃異坐微絪。可來復可來。此地靈相親。

與王二十一員外涯遊枋口柳溪

萬株古柳根。拏此磷磷溪。野榜多屈曲。仙潯無端倪。春桃散紅煙。寒竹含晚淒。𠑊聽忽以異。芳樹安

下半俱缺

能齊。共疑落鏡中，坐泛紅景低。水意酒易醒，淚情事非迷。小儒峭章句，大賢嘉提携。潛實韻靈瑟，翠崖鳴玉珪。主人稷卨翁，德茂芝朱畦。鑿出幽隱端，氣象皆昇躋。曾是清樂抱，逮兹幾省溪。宴位席蘭草，濫觴驚鳧鷖。靈味薦魴鱮，金花屑橙虀。江調擺衰俗，洛風遠塵泥。徒言奏狂狷，詎敢忘筌蹄。

與王二十一員外涯遊昭成寺

洛友寂寂約，省騎霏霏塵。遊僧步曉磬，話茗含芳

春（一作韵）。瑶策冰入手。粉壁画瑩神、頹廊芙蓉鬠。碧殿瑠
璃津（一作句）。玄講島嶽（一作海）盡。淵詠文字新、屢笑寒竹讌、况接
青雲賓。顧慙餘眷下。衰瘵嬰殘身。

嵩少

沙彌舞袈裟。走向躑躅飛。閑步亦惺惺。芳援相依
依。噎塞春咽喉。蜂蝶事光輝。群嬉且已晚。孤引將
何歸。流艷去不息。朝英亦疎微。

旅次洛城東水亭

水竹色相洗碧花動軒楹自然逍遥風蕩漾浮兢情霜落葉聲爍景寒人語清我來招隱亭衣上塵暫輕

洛橋晩望

天津橋下冰初結洛陽陌上行人絶榆柳蕭疎樓閣閑月明直見嵩山雪

居處

北部貧居

自狀寒態

山家妙境

進乏廣莫力。退爲蒙瀧〔一作龍〕居。三年失意歸。四向相識疎。地僻草木壯。荒條扶我廬。夜貧燈燭絶。明月照我書。欲識貞靜操。秋蟬飲清虛。

題陸鴻漸上饒新開山舍

驚彼武陵狀。移歸此巖〔一作封〕邊。開亭擬貯雲。鑿石先得泉。嘯竹引清吹。吟花成新篇。乃知高潔情。擺落區中緣。

題韋承總吳王故城下幽居 韋生相門子孫

一七四

自是本色妙語

韻事韻語

才飽身自貴。巷荒門豈貧。韋生堪繼相。孟子願依鄰。夜思琴（一作酒）語切。晝情茶味新。霜枝留過鵲（一作鶴）。風竹掃蒙塵。郢唱一聲發。吳花千片春。對君何所有。歸去覺情真。

蘇州崑山惠聚寺僧房

昨日到上方。片雲挂（一作掛）石牀。錫杖莓苔青。袈裟松栢香。晴磬無短韻。古燈含永光。有時乞鶴歸。還訪（一作放）逍遥場。

題從叔述靈巖山壁

換却世上心。獨起山中情。露衣涼且鮮。雲策高復輕。喜見夏日來。變爲松景清。每將逍遙聽。不厭飀飀聲。遠念塵末宗。未疎俗間名。桂(一作科)枝妄舉(一作恁)手。萍路空勞生。仰謝開淨絃。相招時一鳴。

題林校書花巖寺書窗

隱詠不誇俗。問禪徒淨居。翻將白雲字(一作寺)。寄向青蓮書。擬古投松坐。就明開紙疏(一作稀)。昭昭南山景。獨與心

容義〻歸省造
木倦士勞却新

相如。

藍溪元居士草堂

市井不容義。義歸山谷中。夫君宅松桂。招我棲蒙籠。人朴清慮肅。境閑視聽空。清溪宛轉水。修竹徘徊風。木倦採樵子。士勞稼穡翁。讀書業雖異。敦本志亦同。藍岸青漠漠。藍峯碧崇崇。日昏各命酒。寒蛩鳴蕙叢。

新卜青羅幽居奉獻陸大夫

清趣似陶

黔婁任何處。仁邑無餒寒。豈誤舊羇旅。變爲新閑安。二頃有餘食。三農行可觀。籠禽得高巢。轍鮒還層瀾。翳翳桑柘墟。紛紛田里歡。兵戈忽消散。耦耕非艱難。嘉木偶良酌。芳陰庇清彈。力農唯一事。趣世徒萬端。静覺本相厚。動爲末所殘。此外有餘暇。鋤荒出幽蘭。

一作飢

題韋少保静恭宅藏書洞

高意合天製。自然狀無窮。仙華凝四時。玉蘚生數峯。書秘漆文字。匣藏金蛟龍。開爲氣候爽。開作雲雨濃。洞隱諒非久。巖夢誠必通。將綴文士集。貫就眞珠叢。

闕字疑是閉字

生生亭

灘鬧不妨語。跨溪仍置亭。一作置亭。置亭嵽嵲頭。開窗納遥青。遥青新畫出。三十六扇屛。㬥㬥立平地。稜稜浮高冥。一日數開扉。仙閃目不停。徒誇遠方岫。曷若中峯靈。拔意千餘丈。浩言永堪銘。浩言無愧同。愧

末路意亦不忝

舟行寒冰中方知此語之妙

同忍醜醒致之未有力力在君子聽

寒溪九首

霜（一作露）洗水色盡寒溪見纖鱗幸臨虛空鏡照此殘瘁身潛滑不自隱露底瑩更新豁如君子懷曾是危陷人始明淺俗心夜結朝已津淨漱一掬碧遠消千慮塵始知泥步泉莫與山源隣

洛陽岸邊道孟氏莊前溪（一作岸倚）舟行素冰拆聲作青瑾嘶綠水結綠玉白波生白珪明明寶鏡中物物天

奇語奇思

皆奇

照齊仄步下危曲攀枯闘孀啼霜（一作宿雺）芬稍消歇凝景澂莚齊痴坐直視聽顛行失蹤蹊岸童斸棘勞語言多悲悽

曉飲一杯酒踏雪過清溪波瀾凍爲刀剸割鳧與鷖宿羽皆翦棄血聲沉沙泥獨立欲何語默念心酸嘶凍血莫作春作春生不齊凍血莫作花作花發孀啼幽幽棘針村凍死難耕犂

篙工磓玉星一路隨迸螢朔凍哀瀓底獠饞咏潛

語不甚亮調亦近粹

鯹。冰齒相磨嚙。風音酸鐸鈴。清悲不可逃。洗出纖悉聽。碧瀲卷已盡。彩縷飛飄零。下躡滑不定。上棲折難停。哮嘐呻唏寃。仰訴何時寧。

一曲一直水。白龍何鱗鱗。凍飈雜碎號。虀音坑谷辛。柢柟吃無力。飛走更相仁。猛弓一折絃。餘喘爭來賓。大嚴此之立。小殺不復陳。皎皎何皎皎。氤氲復氤氲。瑞晴刷日月。高碧開星辰。獨立兩腳雪。孤吟千慮新。天欃徒昭昭。箕舌虛斷斷。堯聖不聽汝

何語不復似詩
二首似謂禽魚因忍凍餓求而死者君子不可以其自死而食之以老大自佛心

孔徵亦有臣。諫書竟成章。古義終難陳。
因凍死得食。殺風仍不休。以兵爲仁義。仁義生刀
頭。刀頭仁義腥。君子不可求。波瀾抽劒冰。相劈如
仇讐。尖雪入魚心。魚心明愀愀。恍如罔兩說。似訴
割切由。誰使異方氣。入此中土流。翦盡一月春。閉
爲百谷幽。仰懷新霽光。下照疑憂愁。
溪老哭甚寒。涕泗冰珊珊。飛死走死形。雪裂紛心
肝。劒刃凍不割。弓絃彊難彈。常聞君子武。不食天

以上数首揔是幽摹苦寒，思緩賦浮，盡曲離奇。

殺殘斵玉掩骼髊，吊瓊哀闌干。

溪風擺餘凍，溪景銜明春。玉消花滴滴，虬解光鱗鱗。懸步下清曲，消期濯芳津。千里冰裂處，一勺暖亦仁。凝精互相洗，漪漣競將新。忽如劍瘡盡，初起百戰身。

立德新居十首

立德何亭亭，西南聳高隅。陽崖泄春意，井圃留冬蕪。勝引即紆道，幽行豈通衢。碧峰遠相揖，清思誰言孤。寺秩雖貴家、濁醪良可哺。

聳城架霄漢。潔宅涵絪縕。開門洛北岸。時鎖嵩陽雲。夜高星辰大、晝長天地分。厚韻屬疎語。薄名謝囂聞。茲焉有殊隔。永矣難及羣。

賓秩已覺厚。私儲常恐多。清貧聊自爾。素青將如何。儉教先勉力。修襟無餘佗。良棲一枝木。靈巢片葉荷。仰笑鵾鵬輩。委身拂天波。

疎門不掩水。洛色寒更高。曉碧流視聽。夕清濯衣

有慨于中

惯作俪语

袍。爲於仁義得。未覺登陟勞。遠岸雪難暮。勁枝風易號。霜禽各嚼侶。吾亦愛吾曹

崎嶇有懸步。委曲饒荒尋。遠樹足良木。疎巢無爭禽。素鬼銜夕岸。綠水生曉潯。空曠伊洛視。髣髴瀟湘心。何必尚遠異。憂勞滿行襟。

懸途多仄足。崎圖無修畦。芳蘭與宿艾。手擷心不迷。品子懶讀書。轅駒難服犁。虛食日相投。夸腸詎能低。恥從新學游。願將古農齊。

不選不陶時出自造亦是姿調

耀兹日榮遠孫陋甚可謂

都城多聳秀愛此高縣居伊雒逵街巷鴛鴦飛閶闔翠景何的皪霜颸飄空虛突出萬家表獨治二畝蔬一旬一手版十日九手鋤

手鋤手自勗激勸亦已饒畏彼梨栗兒空資玩弄驕夜景臥難晝晝光坐易消治舊得新義耕荒生嘉苗鋤治苟愜適心形俱逍遙

玉蹄裂鳴水金綬忽照門拂拭貧士席拜候丞相轅德疎未爲高禮至方覺尊豈唯耀兹日可以榮

寒態

遠孫。如何一陽朝。獨荷衆瑞繁。東南富水木。寂寥蔽光輝。此地足文字。及時隘驂騑。火雪踏爲平。澀行變如飛。令畦生氣色。嘉綠新霏微。天意資厚養。賢人肯相違。

右二章冬至日鄭相至門以屬意在焉

孟東野詩集卷五終

孟東野目錄卷六

夢澤行

京山行

旅次湘沅有懷靈均

過彭澤

過分水嶺

分水嶺別夜示從弟寂

連州吟三章

旅行

紀贈

上河陽李大夫

投贈張端公

贈蘇州韋郎中使君

上張徐州

上包祭酒

贈崔純亮

贈文應上人

嚴河南

贈李觀

吳安西館贈從弟楚客

贈章仇將軍

贈道月上人

杼情因上郎中二十二叔監察十五叔兼呈

李益端公柳縝評事

贈城郎道士

桐廬山中贈李明府
獻漢南樊尚書
贈轉運陸中丞
贈萬年陸郎中
擢第後東歸書懷獻坐主呂侍郎
古意贈梁蕭補闕
贈黔府王中丞楚
上達溪舍人

贈王人

贈建業契公

獻襄陽于大夫

贈鄭夫子魴

大隱訪三首

崔從事鄖以直縣職

章佻將軍良棄功

趙記室俶在職無事

贈韓郎中愈二首

戲贈无本二首

秦時明月漢時關今人不見古時月今月曾經照古

孟東野詩集卷六

唐 武康孟郊 撰

宋 天台國材 評

行役

西上經靈寶觀 觀即尹真人舊宅

道士無白髮。語音靈泉清。青松多壽色。白石恒夜明。放步霽霞起。振衣華風生。真文祕中頂。寶氣浮四極。一片古關路。萬里今人行。上仙不可見。驅策

人俱奇巧之意此二語可以槩括

險壯亦堪絕

在景凄凉如見

徒西征。

泛黄河

誰開崑崙源。流出混沌河。積雨（一作羽）飛作風。驚龍噴爲波。湘瑟颸颸絃。越（一作容）賓鳴咽歌。有恨（一作憂恨）不可洗。虛此來經過。

往河陽宿峽陵寄李侍御

暮天寒氣悲屑屑。啼鳥遶樹泉水噎。行路解鞍投古陵。蒼蒼隔山見微月。鴞鳴犬吠霜煙昏。開囊拂巾對盤飧人。生窮達感知己。明日投君申片言。

磴路溪行呈陸中丞

磴路不可越。三十六渡溪。有物飲碧水。高林挂青蜺。歷覽道更險。驅使跡頓睽。視聽易常主。心魂互相迷。浪石忽搖動。沙堤信難躋。危峯紫霄外。古木浮雲齊。出阻望汝郡。大賢多招攜。疲馬戀舊秣。羈禽思故棲。應憐泣楚玉。棄置如塵泥。

獨宿峴首憶長安故人

起得雄可方襄陽

月逈無隱物。況復大江秋。江城與沙村。人語風颼颼。峴亭當此時。故人不同遊。故人在長安。亦可將夢求。

自商行謁復州盧使君虔

一身遶千山。遠作行路人。未遂東吳歸。暫出西京塵。仲宣荊州客。今余（一作為）竟陵賓。往蹟雖不同。託意皆有因。商嶺莓苔滑。石坂上下頻。江漢沙泥潔。（一作水白）永日光景新。獨泝起殘夜。孤吟望初晨。驅馳竟何事。章

尋作危語

句依深仁。

夢澤行

楚山爭蔽虧。日月無全輝。楚路饒迴惑。旅人有迷一作多歸。騏驥思北首。鷓鴣願南飛。我懷京洛遊。未獸風塵衣。

京山行

衆虻聚病馬。流血不得行。後路起夜色。前山聞虎聲。此時遊子心。百尺風中旌。

旅次湘沅有懷靈均

分拙多感激。久遊遵長途。經過湘水源。懷古方踟躕。舊稱楚靈均。此處殞忠軀。側聆故老言。遂得旌賢愚。名參君子場。行爲小人儒。騷文衒貞亮。體物情崎嶇。三黜有慍色。即非賢哲模。五十爵高秩。謬膺從大夫。胸襟積憂愁。容鬢復彫枯。死爲不弔鬼。生作猜謗徒。吟澤潔其身。忠節寧見輸。懷沙滅其性。孝行焉能俱。且聞善稱君。一何善自殊。且聞過

非靈均未能免癡未陂以本朝成卧子自是正論

禰巳。一何過不渝。悠哉風土人。角黍投川隅。相傳歷千祀。哀悼延八區。如今聖明朝。養育無羈孤。君臣逸雍熙。德化盈紛敷。巾車徇前侶。白日猶昆吾。寄君臣子心。戒此真良圖。

君疑作語

過彭澤

揚帆過彭澤。舟人訝歎息。不見種柳人。霜風空寂歷。

舟人意言舟中人乃自指耶若舟人誤無謂

過分水嶺

是過嶺語境

山壯馬力短。路行石齒中。十步九舉轡。廻環失西東。溪水變爲雨。懸崖陰濛濛。客衣飄飄秋。葛花零落風。白日捨我沒。征途忽然窮。

分水嶺別夜示從弟叔（一作示于孟叔）

南中少平地。山水重疊生。別泉萬餘曲。迷舟獨難行。四際亂峰合。一眺千慮并。潺湲冬夏冷。光彩晝夜明。賞心難久勝。離腸忽自驚。古木擺霽色。高風動秋聲。飲爾一樽酒。慰我百憂輕。嘉期何處定。此

猿哭花六奇語

晨堪寄情。

連州吟三章

春風朝夕起，吹緑日日深。試爲連州吟，淚下不可禁。連山何連連，連天碧岑岑。哀猿哭花死，子規裂客心。蘭芷結新佩，瀟湘遺舊音。怨聲能翦絃，坐撫零落琴。

羽翼不自有，相追力難任。唯憑方寸靈，獨夜萬里尋。方尋魂飄颻，南夢山嶇嵚。髣髴驚魍魎，悉窣闇楓林。正直被放者。鬼魅無所侵。賢人多安排。俗士多虛欽。孤懷吐明月。衆毁鑠黄金。願君保玄曜。壯志無自沉。

朝亦連州吟。暮亦連州吟。連州果有信。一紙萬里心。開緘白雲斷。明月墮衣襟。南風嘶舜琯。苦竹動猿音。萬里愁一色。瀟湘雨淫淫。兩劍忽相觸。雙蛟恣浮沉。斵水正廻斡。倒流安可禁。空愁江海信。驚浪隔相尋。

韻趣可挹

旅行

楚水結冰薄。楚雲爲雨微。野梅參差發。旅榜逍遥歸。

紀贈

上河陽李大夫

上將秉神略至兵無猛威。三軍當嚴冬。一撫勝重衣。霜劍奪衆景。星夜失長輝。蒼鷹獨立時。惡鳥不敢飛。武牢鎖天關。河橋紐地機。大將奚以安。守此

歌仰托意

爾者稀貧士少顏色貴門多輕肥試登山嶽高方見草木微山嶽恩既廣草木心皆歸

投贈張端公

君子量不極胸吞百川流嫉邪霜氣直問俗春辭桑日尸晝輝靜月杯夜景幽詠驚芙蓉發笑激風飈秋鸞步獨無侶鶴音仍寡儔幸沾分寸顧散此千萬憂

贈蘇州韋郎中使君

謝客吟一聲。霜落羣聽清。文含元氣柔。鼓動萬物輕。嘉木依性植。曲枝亦不生。塵埃徐庾詞。金玉曹劉名。章句作雅正。江山益鮮明。萍蘋一浪草。菰蒲片池榮。曾是康樂詠。如今搴其英。顧惟菲薄質。亦願將此并。

上張徐州

爲水不入海。安得浮天波。爲木不在山。安得橫日柯。再來君子傍。始覺精義（一作玅）多。大德唯一施。衆情自偏頗。至樂無（一作交）宮徵。至聲遺謳謌。願鼓空桑絃。永使萬物和。顧巳誠拙訥。干名巳蹉跎。獻詞惟在口。所欲無餘宅。乍作支泉石。乍作翳松蘿。一不改方圓。破質為琢磨。賤子本如此。大賢心若何。豈是無異途。異途難經過。

上包祭酒

嶽嶽冠蓋彥。英英文字雄。瓊音獨聽時。塵韻固不同。春雲生紙上。秋濤起胸中。時吟五君詠。再舉七

苦甚亦處世者千古同恨

子風。何幸松桂侶。見知勤苦功。願將黃鶴翅。一借飛雲空。

贈崔純亮

食薺腸亦苦。強歌聲無歡。出門即有礙。誰謂天地寬。有礙非遐方。長安大道傍。小人智慮險。平地生太行。鏡破不改光。蘭死不改香。始知君子心。交久道益彰。君心與我懷。離別俱迴遑。譬如浸蘖泉。流苦來日長。忍泣目易衰。忍憂形易傷。項籍非不壯。

怨甚

賈生非不良。當其失意時。涕泗各沾裳。古人勸加餐（一作食）。此餐（一作食）難自強。一飯九祝噎。一嗟十斷腸。况是兒女怨。怨氣凌彼蒼。彼蒼昔有知。白日下清霜。今朝始驚歎（一作吁）。碧落空茫茫。

贈文應上人

棲進青山巔。高靜身所便。不踐有命草。但飲無聲泉。齋性空轉寂。學情深更專。經文開貝葉。衣製垂秋蓮。歇此俗人羣。暫來還却旋。

肅季字妹

名言名言矜莊便是俗態

嚴河南

赤令風骨峭。語言清霜寒。不必用雄威。見者毛髮攢。我有赤令心。未得赤令官。終朝衡門下。忍志將筑彈。君從西省郎。正有東洛觀。洛民蕭條久。威恩憫撫難。苦竹聲嘯雪。夜齋聞千竿。詩人偶寄耳。聽苦心多端。多端落盃酒。酒中方得歡。隱士多飲酒。此言信難刊。取次令坊沽。舉止務在寬。何必紅燭嬌。始言清宴闌。丈夫莫矜莊。矜莊不中看。

比語每巧亦每苦

二語似古謠

時歎問天無非感遇而然

贈李觀 觀初登第

誰言形影親。燈滅影去身。誰言魚水歡。水竭魚枯鱗。昔爲同根客。今爲獨笑人。捨予在泥轍。飄跡上雲津。臥木易成蠹。棄花難再春。何言對芳景。愁望極蕭晨。埋劍誰識氣。匣絃日生塵。願君語高風。爲余問蒼旻。

吳安西館贈從弟楚客

蒙籠楊柳館。中有南風生。風生今爲誰。湘客多遠情。孤枕楚水夢。獨帆楚江程。覺來殘恨深。尚與歸路并。玉匣五絃在。請君時一鳴。

贈章仇將軍

將軍不誇劍。才氣爲英雄。五嶽拽力內。百川傾意中。本立誰敢拔。飛文自難窮。前時天地飜。已有扶正功。

贈道月上人

僧貌淨無點。僧衣寧綴華。尋常晝日行。不使身影斜。飯木煮松栢。坐山敷（一作庭）雲霞。欲知禪隱高。緝薜爲袈裟。

抒情因上郎中二十二叔監察十五叔兼呈李益端公柳縝評事

方憑指下絃。寫出心中言。寸草賤子命。高山主人恩。遊遨風沙意。夢楚波濤魂。一日引別袂。九廻沾淚痕。自悲何以然。在禮闕晨昏。名利時轉甚。是非宵亦喧。浮情少定主。百慮隨世飜。舉此胸臆恨。幸

焉出城郭中之俗

是真靜境入山深者方知其妙

從賢哲論。明明三飛鸞。照物如朝暾。

一作交兵与凌虛

贈城部道士

望裏失却山。聽中遺却泉。松枝休策雲。藥囊飜貯錢。曾依青桂隣。學得白雲絃。別來意未廻。世上爲隱仙。

桐廬山中贈李明府

靜境無濁氛。清雨零碧雲。千山不隱響。一葉動亦聞。即此佳志士。精微誰相羣。欲識楚章句。袖中蘭

一作岫

茝薰。

獻漢南樊尚書

天下昔崩亂。大君識賢臣。衆木盡摧落。始見竹色真。兵勢走山嶽。陽光潛埃塵。心開玄女符。面縛清波人。異俗既從化。澆風亦歸淳。自公理斯郡。寒谷皆變春。旗影卷赤電。劒鋒匣青鱗。如何嵩高氣。作鎮楚水濱。雲鏡忽開霽。孤光射無垠。乃知尋常鑒。照影不照神。

寫窮甚近

贈轉運陸中丞

掌運職既大，摧邪名更雄。鵬飛簸曲雲，鶚怒生直風。投彼霜雪令，翦除荊棘叢。楚倉傾向西，吳米發自東。帆影咽河口，車聲聾關中。堯知才策高，人喜道路通。皆鷩內史力，繼得酇侯功。萊子眞爲少，相如未免窮。衣花野菡萏，書葉山梧桐。不是宗匠心，誰憐久棲蓬。

贈萬年陸郎中

天子憂劇縣。寄深華省郎。紛紛風響珮。蟄蟄劒開霜。舊事笑堆案。新聲唯雅章。誰言百里才。終作横天梁。江鴻承聰眷。雲津未能翔。徘徊塵俗中。短毳無輝光。

擢第後東歸書懷獻座主呂侍御

昔歲辭親淚。今爲戀主（一作恩）泣。去住情難並。別離景易戢。夭矯大空鱗。曾爲小泉蟄。幽意獨沉時。震雷忽相及。神行旣不宰。直致非所執。至運本遺功。輕生各（一作若）自立。大君思此化。良佐自然集。寶鏡無私光。時文有新習。慈親誡志就。賤子歸情急。擢第謝靈臺。牽衣出皇邑。行襟海日曙。逸抱江風入。蒹葭得波浪。芙蓉紅岸濕。雲寺勢動搖。山鐘韻噓吸。舊遊期再踐。懸水得重挹。松蘿雖可居。青紫終當拾。

古意贈梁肅補闕

曲木忌日影。讒人畏賢明。自然照燭間。不受邪佞輕。不有百煉火。孰知寸金精。金鉛正同鑪。願分精

奇句

近選語

與麤

贈黔府王中丞楚

舊說天下山半在黔中青又聞天下泉半落黔中鳴山水千萬遶中有君子行儒風一以扇汙俗心皆平我願中國春化從異方生昔爲陰草毒今爲陽華英嘉實綴綠蔓涼湍瀉清聲逍遙物景勝視聽空曠并困驥猶在轅沉珠尚隱精路遐莫及聆泥汙日已盈歲宴將何從落葉甘自輕

便見周急不継富意

上達溪舍人

北山少日月，艸木苦風霜。貧士在重坎，食梅有酸腸。萬俗皆走圓，一身猶學方。常恐衆毀至，春葉成秋黃。大賢秉高鑒，公燭無私光。暗室曉未及，幽吟涕空行。

贈主人

手水瀉大海，不知瀉枯池。分明賢達交，豈顧豪華見。海有不足流，豪有不足貧。枯鱗易爲水，貧士易爲施。幸覩君子。席。會將幽顯期。側聞清風議。飫如黃金卮。此道與日月。同光無盡時。

贈建業契公

師住青山寺。清華常繞身。雖然到城郭。衣上不棲塵。

獻襄陽于大夫

襄陽青山郭。漢江白銅堤。謝公領兹郡。山水無塵泥。鐵馬萬霜雪。絳旗千虹霓。風漪參差泛。石板重疊蹟舊淚不復墮。新歡居然齊。還耕竟原野。歸老相扶攜。物色增曖曖。寒芳更萋萋。淵清有遐畧高躅無近蹊。即此富蒼翠。自然引翔棲。曩遊常抱憶夙好今尚睽。願言從逸轡。暇日淩清溪。

贈鄭夫子魴

天地入胸臆。吁嗟生風雷。文章得其微。物象由我裁。宋玉逞大句。李白飛狂才。苟非聖賢心。孰與造化該。勉矣鄭夫子。驪珠今始胎。

大隱詠三首

崔從事鄖以直隳職

古人留清風。千載遥贈君。破松見貞心。裂竹看直文。殘月色不改。高賢德常新。家懷詩書富。宅抱草木貧。安得一蹄泉。來化千尺鱗。含意永不語。釣璜幽水濵。

章仇將軍良棄功守貧

飲君江海心。（一作誰）詎能辨淺深。挹君山嶽德。誰能齊欽

三詩中皆自見其品

岑東海精爲月。西嶽氣凝金。進則萬景晝退則羣物陰。我欲薦此言。天門峻沉沉。風飈亦感激爲我飀飀吟。

一作肅。

翫記室攸在職無事

甲靜身後老高動物先摧方圓水任器剛勁木成灰大道毋羣物達人腹衆才時吟堯舜篇心向無爲開彼隱山萬曲我隱酒一杯公庭何所有日日淸風來。

右其貧居二句援詩淺露

此語帶右

宜是一詩

贈韓郎中愈二首

何以定交契贈君高山石何以保貞堅贈君青松色貧居過此外無可相彩飾聞君碩鼠詩吟之淚空滴。

碩鼠既穿墉又嚙機上絲穿墉有閒土嚙絲無餘衣朝吟枯桑柘暮泣穿杼機豈是無巧妙絲斷將何施衆人上肥華志士多饑羸願君保此節天意當察微。右二詩一本作一詩

又古可与游子吟並美

俱奇自言是骨亦自知品地所近

前日遠別離。今日生白髮。欲知萬里情。曉臥半牀月。常恐百蟲秋。使我芳艸歇。一本無此一篇

戲贈無本二首

長安秋聲乾。木葉相號悲。瘦僧臥冰凌。一作棚嘲詠含金痍。金痍非戰痕。峭病方在茲。詩骨聳東野。詩濤湧退之。有時跟蹌行。人驚鶴阿師。可惜李杜死。不見此狂癡。

燕僧聳聽詞。袈裟喜新翻。北岳厭利殺。玄功生微

文造

意語俱俊

言。天高亦可飛。海廣亦可源。文章杳無底。斸掘誰能根。夢靈髣髴到。匠我方與論。拾月鯨口邊。何人免爲吞。燕僧擺造化。萬有隨手奔。補綴雜霞衣。笑傲諸貴門。將明文在身。亦爾道所存。朔雪凝別句。朔風飄征魂。再期嵩少遊。一訪蓬蘿村。春草步步綠。春山日日暄。遥鷽相應吟。晚聽恐不繁。相思塞心胸。高逸難攀援。

孟東野詩集卷六終 按贈別末首即二卷中獨愁止異二字舊本重出也而評者不覺因有評亦仍其本

孟東野目錄卷七

懷寄

寄院中諸公

寄洺州李大夫

寄盧虔使君

寄崔純亮

汴州離亂後憶韓愈李翶

寄張籍

寄義興小女子

憶江南弟

宿空姪院寄澹公

寄陝府鄧給事

送諫議十六叔至孝義渡後奉寄

至孝義渡寄鄭軍事唐二十五

酬答

答友人

酬友人見寄新文

答韓愈李觀别因獻張徐州

答晝上人止讒作

答姚怤見寄

答郎郎中

答盧虔故園見寄

汝墳蒙從弟楚材見贈時郊將入秦楚材適楚

同從叔簡酬盧殷少府

酬李侍御書記秋夕雨中病假見寄

送温初下第

送盧虔端公守復州

送任齋二秀才自洞庭遊宣城

送曉公歸庭山

送豆盧策歸别墅

送清遠上人歸楚山舊寺

山中送從叔簡

送蕭鍊師入四明山

終

既云思冬又云入膺便豐宜作秋氣秋色是

孟東野詩集卷七

唐　武康孟郊　撰

宋　天台國材　評

懷寄

寄張籍

夜鏡不照物。朝光何時昇。黯然秋思來。一作暗然愁氣走入志士膺。志士惜時逝。一宵三四興。清漢徒自朗。濁河終無澄。舊愛忽已遠。新愁坐相淩。君其隱壯懷。我亦逃名稱。古人貴從晦。君子忌黨朋。傾敗生所競。保全歸懵懵。浮雲何當來。潛虬會飛騰。

憶周秀才素上人時聞各在一方

東西分我情。魂夢安能定。野客雲作心。高僧月為性。浮雲自高閒。明月常空淨。衣敝得古風。居山無俗病。吟聽碧雲語。手把青松柄。羨爾欲寄書。飛禽杳難倩。

舟中喜遇從叔簡別後寄上時從叔初擢第

歸江南郊不從行

一意兩片雲。暫合還却分。南雲乘慶歸。北雲與誰羣。寄聲千里風。相喚聞不聞。

懷南岳隱士二首

見說祝融峯。擎天勢似騰。藏千尋布水。出十八高僧。古路無人跡。新霞吐石稜。終居將爾叟。一一共余登。

千峰映碧湘。真叟此中藏。飯不煮石喫。眉應似髮

藏千尋二句折腰體本朝蘇黃尔時用此法

無其事而有其趣

便是懷人之境

長。楓裡楮酒甕。鶴虱落琴牀。強效忘機者。斯人尚未忘。

春夜憶蕭子眞

半夜不成寐。燈盡又無月。獨向堦前立。子規啼不歇。況我有金蘭。忽爾爲胡越。爭得明鏡中。久長無白髮。

寄院中諸公

奕奕秋水傍。駸駸綠雲蹄。月仙有高曜。靈鳳無單

造語新

棲翠色遶雲谷。碧華凝月溪。竹林遍歷覽。雲寺行攀躋。冠豸猶屈蠖。匣龍期剸犀。千山驚月曉。百里聞霜鼙。戍府多秀異。謝公期相攜。因之仰羣彥。養拙固難齊。

寄洺州李大夫

自從薊師反。中國事紛紛。儒道一失所。賢人多在軍。鳥巢憂迸射。鹿耳駭驚聞。劒折唯恐（一作怨）匣。弓貪不讓勳。方知省事將。動必謝前羣。鸛陣常先罷。魚符最晚分。步閒沿水曲。笑激太行雲。詩叟未相識。竹兒爭見君。殷勤起談謔。記盡古風（一作成）文。

寄盧虔使君

霜露再相換。遊人猶未歸。歲新月改色。客久線斷衣。有鶴冰在翅。竟久力難飛。千家舊素沼。昨日生綠輝。春色若不（一作可）借。爲君步芳菲。

寄崔純亮

百川有餘水。大海無滿波。器量各相懸。賢愚不同科。羣辯有姿語。衆歡無（一作有）行歌。唯餘洛陽子。鬱鬱恨常多。時讀過秦篇。爲君涕滂沱。

一

汴州離亂後憶韓愈李翶

會合一時哭。別離三斷腸。殘花不待風。春盡各飛揚。懽去收不得。悲來難自防。孤門淸館夜。獨卧明月牀。忠直血白刃。道路聲蒼黄。食息三千士。一旦爲豺狼。海島士皆直。夷門士非良。人心旣不類。天道久（一作亦）反常。自殺與彼（一作彼）殺。未知何者臧。

只一盲目造
出宛轉多意
然甚欲作古
却異於古

二語却古

結與起合

寄張籍

未見天子面不如雙盲人賈生對文帝終日猶悲
辛天子亦如盲所以空泣麟有時獨齋心髣髴夢
稱臣夢中稱臣言覺後真埃塵東京有眼富不如
西京無眼貧西京無眼猶有耳隔墻時聞天子車
轔轔轔轔車聲輾冰玉南郊壇上禮百神西明寺
後窮瞎張太祝從爾有眼誰爾珍天子只尺不得
見不如閉眼且養真

題是寄詳詩意只似憶耳未解行之女寄之何為

寄義興小女子

江南莊宅淺。所固唯疎籬。小女未解行。酒弟一作病叔老更癡。家中多吳語。教爾遊可知。山怪夜動門。水妖時弄池。所憂癡酒腸。不解委曲辭。漁妾性崛強。耕童手皴釐。想茲爲襁褓。如鳥拾柴枝。我詠元魯山。胸臆流甘滋。終當學自乳。起坐常相隨。

憶江南弟

白首眼垂血。望爾唯夢中。筋力強起時。魂魄猶在

東眼光寄明星。起來東望空。望空不見人。江海波
無窮。衰老無氣力。呼吽不成風。孑然憶憶言。落地
何由通。常師共被教。竟作生離翁。生離不可訴。上
天何曾聰。未忍對松栢。自鞭殘朽躬。自鞭亦何益。
矩教非所崇。努力柱杖來。餘活與爾同。不然死後
聰。遺死亦有終。

宿空姪院寄澹公

夜坐冷竹聲。二三高人語。燈窗看律鈔。小師別爲

便是夜境

侶。雪簷晴滴滴、茗椀華舉舉。磬音多風飈。聲韻聞江楚。官街不相隔。詩思空愁予。明日策杖歸。去住兩延佇。

寄陝府鄧（一作竇）給事

陝城臨大道。館宇屹幾鮮。候謁隨芳（一作方）語。鏗詞芬蜀牋。從來鏡目下。見盡道心前。自謂古詩量（一作嘗）異將新學偏。蔥人年六十。毎月請三千。不敢等閑用。願爲長壽錢。非關亦潔爾。將以救羸然。孤省癡皎皎。默

每下此語必有異

吟寫綿綿。病書憑畫目。驛信寄宵鞭。疾訴將何論。肆鱗令倒懸。塵鯉見枯涸。土鬣思乾泉。慼慼無緒蕩。愁愁作□(原缺)邊。貞元文祭酒(即陽公)。比謹學韋玄。滿坐風無雜。當朝雅獨全。見知囑徐璹(即徐端公)。賞句類陶淵。一顧生鴻羽。再言將鶴翩。宣揚臨車馬。君子湊駢闐。曾是此同睠。至今應賜憐。磨墨零落淚。楷字責仁賢。

送諫議十六叔至孝義渡後奉寄

曉渡明鏡中。霞衣相飄颻。浪鳧驚亦雙。蓬客將誰僚。別飲孤易醒。離憂壯難銷。文清雖無敵。儒貴不敢驕。江吏捧紫泥。海旗剪紅蕉。分明太守禮。跨躡毗陵橋。伊洛去未迴。遐矚空寂寥。

至孝義渡寄鄭軍事唐二十五

咫尺不得見。心中空嗟嗟。官街泥水深。下脚道路斜。嵩少玉峻峻。伊雒碧華華。岸亭當四迴。詩老獨一家。洧叟何所如。鄭食唯有些。何當來說事。爲君開流霞。

可想其人

酬答

答友人

白日照清水。淺深無隱姿。君子業高文。懷抱多正思。砥行碧山石。結交青松枝。碧山無轉易。青松難傾移。落落山谷間。琅琅大雅詞。自非隨氏掌。明月安能持。千里不可倒。一返（一作別）無近（一作同）期。如何非意中。良覿忽在茲。道語必疏淡。儒風易淩遲。願存貞堅節。勿謂霜霰欺。

此首平夷有次第不作鉤棘及覺近古為勝

便欲作怪

酬友人見寄新文

爲客棲未定。況當玄月中。繁雲翳碧霄。落雪和清風。郊陌絕行人。原濕多飛蓬。耕牛返村巷。野鳥依房櫳。我無飢凍憂。身託蓮花宮。安閒頼禪伯。復得疏塵蒙。覽君郢曲文。詞彩何冲融。謳吟不能已。頓覺形神空。

答韓愈李觀別因獻張徐州

富別愁在顏。貧別愁銷骨。懶磨舊銅鏡。畏見新白髮。古樹春無花。子規啼有血。離弦不堪聽。一聽四五絕。世途非一險。俗慮有千結。有客步大方。驅車獨迷轍。故人韓與李。逸翰雙皎潔。哀我摧折歸。贈詞縱橫設。徐方國東樞。元戎天下傑。禰生投刺遊。王粲吟詩謁。高情無遺照。朗抱開曉月。有土不埋寃。有讐皆爲雪。願爲直草木。永向君地列。願爲古琴瑟。永向君聽發。欲識丈夫心。曾將孤劍說。

答晝上人止讒作

止渭水涇流二語餘不見有止讒意

便是好竽鼓瑟意

烈烈鸑鷟吟。鏗鏗琅玕音。梟摧明月嘯，鶴起清風心。渭水不可渾。涇流徒相侵。俗侶唱桃葉。隱（一作士）仙鳴桂琴。子野真遺却。浮淺藏淵深。

答姚怤見寄

日月不同光。晝夜各有宜。賢哲不苟合。出處亦待時。而我獨迷見。意求異士知。如將舞鶴管。誤向驚梟吹。大雅難具陳。正聲易漂淪。君有丈夫淚。泣人不泣身。行吟楚山下。（一作上）義淚沾衣巾。

可想其品調六古

創語

答鄯郎中

松栢死不變。千年色青青。志士貧更堅。守道無異營。每彈瀟湘瑟。獨抱風波聲。中有失意吟。知者淚滿纓。何以報知者。永存堅與貞。

答盧虔故園見寄

訪舊無一人。獨歸清雒春。花閒哭聲死。水見別容新。亂後故鄉宅。多爲行路塵。因悲楚左右。謗玉不知珉。

每出語必造

汝墳蒙從弟楚材見贈時郊將入秦楚材適楚

朝爲主人心。夕作行客吟。汝水忽淒咽。汝風流苦音。北闕秦門高。南路（一作山）楚石深。分淚洒白日。離腸遶青岑。何以寄遠懷（一作飛書）。黄鶴能相尋。

同從叔簡酬盧殷少府

梅尉吟楚聲。竹風爲淒清。深虛冰在性。萬潔雲入情。借水洗閑貌。寄焦書逸名。羞將片石文。闞此雙瓊英。

酬李侍御書記秋夕雨中病假見寄

秋風㨗衰柳。遠客聞雨聲。重茲阻良夕。孤坐唯積誠。果枉移疾詠。中含嘉慮明。洗滌煩濁盡。視聽昭曠生。未覺衾枕倦。久爲章奏嬰。達人不寶藥。一作條所保在閑情。

答盧仝

楚狂人水死。詩孟踏雪僵。直氣苟有存。死亦何所

不過言冰奇
極乃爾

妨。日劈高查牙。清稜含冰漿。前古後古冰。與山氣勢強。閃怪千石形。異狀安可量。有時春鏡破。百道聲飛揚。潛仙不足言。朗客無異腸。爲君傾海宇。日夕多文章。天下豈無緣。此山雪昂藏。煩君前致詞。哀我老更狂。狂歌不及狂。歌聲緣鳳皇。鳳今何當來。消我孤直瘡。君文眞鳳聲。宣隘滿鏗鏘。洛友零落盡。逮茲悲重傷。獨自奮異骨。將騎白（一作子）角翔。再三勸莫行。寒氣有刀槍。仰慙君子多。愼勿作芬芳。

酌字佳

奉報翰林張舍人見遺之詩

百蟲笑秋律。清削月夜聞。曉棱視聽微。風翦葉已紛。君子鑒大雅。老人非俊羣。收拾古所棄。俛仰補空文。孤韻恥春俗。餘響逃零雰。自然蹈終南。滁暑淩寒氛。巖霰不知午。磵澌鎮含曛。曾是醒沽醉。所以多隱淪。江調樂之遠。溪謡生徒新。衆蘊有餘採。寒泉空哀呻。南謝竟莫至。北宋當時珍。頤靈各自異。酌酒誰能均。昔詠多寫諷。今詞詎無因。品松何高翠宮殿沒荒榛。苔趾識宏製。沙潨游崩津。忽吟陶淵明。此即羲皇人。心放出天地。形拘在風塵。前賢素行階。夙嗜青山勤。達士立明鏡。朗言爲近臣。將期律萬有。垻倒甄無垠。鷙鵝應蟋蟀。絲毫意皆中。況於三千章。哀叩不爲神。

送别上

送從弟郢東歸

爾去東南夜。我無西北夢。誰言貧別易。貧別愁更重曉色奪明月。征人逐羣動。秋風楚濤高。旅榜將誰共。

山中送從叔赴舉

石根百尺杉。山根一片泉。倚之道氣高。飲之詩思鮮。於此逍遥場。忽奏别離絃。却笑薜蘿子。不同鳴躍年。

送別崔寅亮下第

天地唯一氣。用之自偏頗。憂人成苦吟。達士爲高

千古同恨

如此起又怪

歌君子識不淺桂枝憂更多歲晏斯攀折時歸且婆娑素質如削一作排玉清詞若傾河虬龍未化時魚鱉同一波去矣當自適故鄉饒薜蘿

大梁送柳淳先入關

青山輾爲塵白日無閑人自古推高車爭利西入秦一作壯王門與侯門待富不待貧空攜一作貴一束書去去一將獨誰一將待相親

送無懷道士遊富春山水一作送別吳隱士歸山

造字不新不
已

造化絕高處（一作見）富春獨多觀山濃翠滴灑（一作渦灑）水折珠摧殘溪鏡不隱髮樹衣常遇（一作樂）寒風猿虛空飛月犹吁嘯酸信此神僊路（一作泉）豈爲時俗安煮金陰陽火（一作吳容水）囚怪星宿壇花發我（一作或）未識玉生忽蓑攢蓬萊浮蕩漾非道相從難

送温初下第

日落濁水中夜光誰能分高懷無近趣清抱多遠聞欲識丈夫志心藏孤岳雲長安風塵別咫尺不

見君。

送盧虔端公守復州

師曠聽羣木。自然識孤桐。正聲逢知音。願出大朴中。知音不韻俗。獨立占[亞]古風。忽挂觸邪冠。遂逐南飛鴻。肅肅太守章。明明華轂熊。商山無平路。楚水有驚潨。日月千里外。光陰難載同。新愁徒自積。良會何由通。

送任齊二秀才自洞庭遊宣城任載齊古并序

文章者。賢人之心氣也。心氣樂。則文章正。心氣非。則文章不正。當正而不正者。心氣之僞也。賢與僞見於文章。一直之詞。衰代多禍。賢無曲詞。文章之曲直。不由於心氣。心氣之悲樂。亦不由賢人。由於時故。今寘州多君子。閑暇而寬。文章之曲直。纖微悉而備舉。洞庭二客。勉而客去之。鼓其風波之詞。吾知夫樂莫是行也。遂爲詩曰。

是洞庭圖

清昇清何似摩詰

洞庭非人境。道路行虛空。二客月中下。一帆天外風。魚龍波五色。金碧樹千叢。閃怪如可懼。在誠無不通。扣奇知浩淼。探異訪穹崇。物表即高韻。人間訪仙公。宜城文雅地。謝守聲問融。證玉易爲力。辨珉誰不同。從茲阮籍淚。且免泣途窮。

送曉公歸庭山一作稽亭

庭山一作稽亭何崎嶇。寺路緣翠微。秋霽山盡出。日落人獨歸。雲生高高步。泉洒田田衣。枯巢無還羽。新木有

宜作始既高
安有不栖

爭飛。茲焉不可繼。夢寐空清輝。

送豆盧策歸別墅

短松鶴不巢。高石雲不栖。一作始君今瀟湘去。一作為意一作性與雲鶴齊。力買奇險地。手開清淺溪。身披薜荔衣。一作蘿襟山陟莓苔梯。一卷冰雪文。避俗常自攜。

送清遠上人歸楚山舊寺 一作國清上人遊蘓

波中出吳境。霞際登楚岑。山寺一別來。雲蘿三改陰。詩誇碧雲句。道證青蓮心。應笑泛萍者。一作憐游泛不知松

古意以貞操自擬亦以勵

隱深。

山中送從叔簡

莫以手中瓊。言邀世上名。莫以山中迹。久向人間行。松栢有霜操。風泉無俗聲。應憐枯朽質。驚此別離情。

送蕭鍊師入四明山

閑於獨鶴心。大於高松年。迥出萬人表。高棲四明巔。千尋直裂峯。百尺倒瀉泉。絳雪爲我飯。白雲爲我田靜言不語俗一作諮。靈蹤時步天。

孟東野詩集卷七 終

孟東野目錄卷八

送從叔校書簡南歸

送韓愈從軍

送李翺習之

送丹霞子阮芳顔上人歸山

送從舅端適楚地

送盧汀侍御歸天德幕

送草書獻上人歸廬山

和薛先輩送獨孤秀才上都赴嘉會得青字

同溧陽宰送孫秀才

溧陽唐興寺觀薔薇花同諸公餞陳明府

送柳淯

送殷秀才南遊

送青陽上人遊越

奉同朝賢送新羅使

酬弟郢不得送之江南

送陸暢歸湖州因憑題故人皎然塔陸羽墳

送淡公十二首

送魏端公入朝

送盧郎中汀

送鄭僕射出節山南

別妻家

贈姚怤別

贈竟陵盧使君虔別

與韓愈李翱張籍話別

監察十五叔東齋招李益端公會别

汴州别韓愈

贈别殷山人説易後歸幽墅

壽安西渡奉别鄭相公二首

孟東野詩集卷八

唐　武康孟郊　撰

宋　天台國材　評

送別下

感別送從叔校書簡再登科東歸

長安車馬道，高槐結浮陰。一作游 下有名利人，一人千萬心。黄鵠多遠勢，滄溟無近潯。怡怡靜退姿，冷冷思歸吟。菱唱忽生聽，芸書迴望深。清風散言笑，餘花

必歌刻畫出世情

字法必造

綴衣襟。獨恨魚鳥別。一飛將一沉。

送玄亮師

蘭泉滌我襟。杉月棲我心。茗啜（一作味）綠淨花。經誦清柔音。何處笑爲別。淡情愁不侵。

送李尊師玄

口誦碧簡文。身是青霞君。頭冠兩片月。肩披一條雲。松骨輕自飛。鶴心高不羣。

同晝上人送郜（一作郗）秀才江南尋兄弟

地（一作池）上春色生眼前詩彩明手携片寶月。言是高僧名溪轉萬曲心（一作石）水流千里聲。飛鳴向誰去。江鴻弟與兄

春日同韋郎中使君送鄒儒立少府扶侍赴雲陽

離思着百草縣縣生無窮。側聞畿甸秀。三振詞策雄太守不韻俗。諸生皆變風。郡齋敞西清。楚瑟驚南鴻。海畔帝城望。雲陽天色中。酒酣正芳景。詩綴

新碧叢服綵老萊並侍車江華同過隋柳鶴頼入洛花蒙籠高步距留足前程在層空獨慙病鶴羽飛送力難崇。

送從叔校書簡南歸一作東游

長安別離道宛在東城隅寒草根未死愁人心已枯促促水上景遥遥天際途生隨昏曉中皆被日月驅北騎一作驟遠達山岳南帆指江湖高蹤一超越千里在須臾。

送韓愈從軍

志士感恩起，變衣非變性。親賓改舊觀，僮僕生新敬。坐作群書吟，行爲孤劍詠。始知出處心，不失平生正。淒淒天地秋，凜凜軍馬令。驛塵時一飛，物色極四靜。王師既不戰，廟略在無競。王粲有所依，元瑜初應命。一章喻檄明，百萬心氣定。今朝旗鼓前，笑別丈夫盛。

同弟郎中使君河南裴文學

河南有歸客。江風繞行襟。送君無塵聽。舞鶴清瑟音。菱蔓綴楚棹。日華正嵩岑。如何謝文學。還起會（一作長）雲吟。

送李翺習之

習之勢翩翩。東南去遥遥。贈（一作寄）君雙履足。一爲上臯橋。臯橋路逶迤。碧水清風飄。新秋折藕花。應對吳語嬌。千巷分淥波。四門生早潮。湖榜輕裊裊。酒旗高寥寥。小時屐齒痕。有處應未銷。舊憶如霧星。恍

好世外人語

見於夢消。言之燒人心。事去不可招。獨孤宅前曲。箜篌醉中謡。壯年俱悠悠。逮茲各焦焦。執手復執手。唯道無枯凋。

送丹霞子阮芳顔上人歸山、

松色不肯秋。玉性不可柔。登山須正路。飲水須直流。倩鶴附書信。索雲作衣裘。仙村莫道遠。枉策招交游。

送從舅端適楚地

語必欲創獲

結得索

歸情似泛空。飄蕩楚波中。羽扇掃輕汗。布帆篩細風。江花折菡萏。岸影泊梧桐。元舅唱離別。賤生愁不窮。

送盧汀侍御歸天德幕

仲宣領騎射。結束皆少年。匹馬黃河岸。射雕清霜天。旌旗防日北。道路上雲巔。古雪無銷鑠。新冰有堆填。清溪徒聳誚。白璧自招賢。豈比重恩者。閉門方獨全。

不必有之事
妙丁贊

送草書獻上人歸盧山

狂僧不爲酒。狂筆自通天。將書雲霞片。直至淸明巔。手中飛黑電。象外瀉玄泉。萬物隨指顧。三光爲廻旋。聚（一作驟）書雲霮䨴。洗硯山晴鮮。忽怒畫蛇虺。噴然生風煙。江人願停筆。驚浪恐傾船。

和薛先輩送獨孤秀才上都赴嘉會得青字

秦雲攀窈窕。楚桂搴芳馨。五色豈徒爾。萬枝皆有靈。仙謡天上貴。林詠雪中青。持此一爲贈。送君翔杳冥。

送崔爽之湖南

江與湖相通，二水洗高空。定知一日帆，使得（一作過）千里風。雪唱與誰和，俗情多不通。何當逸翮縱（一作鶴逝），飛起泥沙中。

送超上人歸天台

天台山最高，動躡赤（一作仙）城霞。何以靜雙目，掃山除妄花。何以潔其（一作鑒昭澈）性，濾泉去泥沙。靈境物皆直，萬松無

有滓語

一斜月中見心近雲外將世賒山獸護方丈山猿捧袈裟遺身獨得身笑我牵名華

同李益崔放送王鍊師還樓觀兼爲羣公先營山居

十（一作干）年白雲士一卷紫芝書來結崆峒侶還期縹緲居霞冠遺彩翠（一作州）月帔上空虛寄謝泉根水清泠閒有餘

張徐州席送岑秀才

振振芝蘭步。昇自君子堂。泠泠松桂吟。生自楚客腸。羈鳥無定棲。驚蓬在他鄉。去兹門館閒。即彼道路長。雨餘山川淨。麥熟草木涼。楚淚滴章句。京塵染衣裳。贈君無餘它。久要不可忘。

送黃構擢第後歸江南

澹澹滄海氣。結成黃香才。幼齡思奮飛。弱冠遊靈臺。一鶚顧喬木。衆禽不敢猜。一驥騁長衢。衆獸不敢陪。遂得會風雨。感通如雲雷。至矣小宗伯。確乎

狀仙家之奇如劉子訓然

心不回。能令幽靜人。聲寶啞九垓。却憶江南道。祖
蓮花裏開。春風不能別。別罷空徘徊。

送道士

千年山上行。山上無遺踪。一日人間游。六合人皆
逢。自有意中侶。白寒徒相從。

送孟寂赴舉

烈士不憂身。爲君吟苦辛。男兒久失意。寶劍亦生
塵。浮俗官是貴。君子道所珍。况是聖明主。豈乏證

玉臣。濁水無白日。清流鑒蒼旻。賢愚皎然別。結交當有因。

同溧陽宰送孫秀才

廢瑟難爲絃。南風難爲歌。幽幽拙疾中。怨怨浮夢多。清韻始嘯侶。雅言相與和。訟閑每往招。祖送奈若何。牽苦強爲贈。邦邑光峩峩。

溧陽唐興寺觀薔薇花同諸公餞陳明府

忽驚紅琉璃。千艷萬艷開。佛火不燒物。淨香空徘

無味

古意世情二十字盡有

好別語

五字字字有画

徊。花下印文字。林間詠鷓杯。羣臣餞宰官。此地車馬來。

送柳淳

青山臨黃河。下有長安道。世上名利人。相逢不知老。

送殷秀才南遊

詩句臨離袂。酒花薰別顏。水程千里外。岸泊幾宵間。風葉亂辭木。雪猿清叫山。南中多古事。詠遍始應還。

送青陽上人遊越

秋風吹白髮微官自蕭索。江僧何用歎。溪縣饒寂寞。楚思物皆清。越山勝非薄。時看鏡中月。獨向衣上落。多謝入冥鴻。笑予在籠鶴。

奉同朝賢送新羅使

淼淼望遠國。一萍秋海中。恩傳日月外。夢在波濤東。浪興豁胸臆。泛舟程虛空。既茲吟仗信。亦以難

東野所謂可
見二字自目

私躬。實怪賞不足。異解恍多叢。安危所繫重。征役
誰能窮。彼俗媚文史。聖朝富才雄。送行數百首。各
以鏗奇工。冗隸竊抽韻。孤屬思將同。

留弟郢不得送之江南

剛有下水船。白日留不得。老人獨自歸。苦淚滿眼
黑。

送陸暢歸湖州因憑題故（一作弔）人皎然塔陸羽墳

湫湫霅寺前。白蘋多清風。昔游詩會滿。今游詩會

燕本越淡

空。孤吟玉淒惻。遠思景家籠。杼山塼塔禪。竟陵廣
宵翁。餞彼草木聲。髣髴聞餘聰。因君寄數句。遍爲
書其蕝。追吟當時說。來者實不窮。江調難再得。京
塵徒滿躬。送君溪鴛鴦。彩色雙飛東。東多高靜鄉。
芳宅冬亦崇。手自擷甘旨。供養歡冲融。待我遂前
心。收拾使有終。不然洛岸亭。歸死爲大同。

送淡公十二首

燕本冰雪骨(一作羅)越淡蓮花風。五言雙寶刀。聯響高飛

鴻。翰苑錢舍人。詩韻鏗雷公。識本未（一作末）識淡。仰詠嗟無窮。清恨生物表。朗玉傾夢中。常於冷竹坐。相語道意冲。嵩洛興不薄。稽江事難同。明年若不來。我作黃嵩翁。何以兀其心。爲君學虛空。

又

坐愛青草上。意含滄海濱。渺渺獨見水。悠悠不問人。鏡浪洗手綠。剡花入心春。雖然防外觸。無奈饒衣新。行當譯文字。慰此吟殷勤。

古甚似謡以後三首不復似賭僧詩不知何所指疑是樂府別題誤入耳

又

銅斗飲江酒手拍銅斗歌儂是拍浪兒飲則拜浪婆腳踏小船頭獨速舞短簑笑侬漁陽摻空恃文章多閒倚青竹竿白日奈我何

又

短簑不怕雨白鷺相爭飛短楫畫菰蒲鬬作豪横跡笑伊水徤兒浪戰求光輝不如竹枝弓射鼠無是非

頭字重韻

此首明白

又

射鼂復射鼂，鼂鷥菰蒲頭。鴛鴦亦零落。彩色難相求。儂是清浪兒。每踏青浪游。笑伊鄉貢郎。踏土稱風流。如何丱角翁。至死不裹頭。

又

師得天文章。所以相知懷。數年伊雒同。一旦江湖乖。江湖有故莊。小女啼喈喈。我憂未相識。乳養難和諧。幸以片佛衣。誘之令看齋。齋中百福言。催促

又言銅斗短簑似謂前詩

西歸來。

又

伊洛氣味薄。江湖文章多。坐緣江湖岸。意識（一作幽）鮮明波。銅斗短簑行。新章其奈何。茲焉激切句。非是等閒歌。製（一作對）之附驛迴。勿使餘風訛。都城第一寺。昭成屹嵯峨。爲師書廣壁。仰詠時經過。徘徊相思心。老淚雙滂沲。

又

是江南寇境

江南寺中邑（一作邑）平地生勝山。開元吳語僧律韻高且閒。妙樂溪岸平桂榜復往還（一作往復）。樹石相鬬生紅綠各異顏。風味我遙憶新奇師獨攀。

又

報恩振德二寺名

報恩兼報德寺與山爭鮮（一作先）。橙橘金蓋檻竹蕉綠凝禪。經童音韻細風磬清泠翩。離腸繞師足舊憶隨路延。不知幾千尺至死方綿綿。

又

鄉在越鏡中分明見歸心鏡芳步步綠鏡水日日深巽刹碧天上古香清桂岑朗約徒在昔章句忽盈今幸因西飛葉書作東風吟落我病枕上慰此浮恨侵

又

牽師袈裟別師斷袈裟歸問師何苦去感泣言語稀意恐被詩餓欲任將底依盧殷劉言史餓死君已噫不忍見別君哭君他是非

恨甚之語

又

詩人苦爲詩，不如脁空飛。一生空䳡氣，非諫復非譏。脁枯掛寒枝，棄如一唾微。一步一步乞，半片半片衣。倚詩爲活計，從古多無肥。詩飢老不怨，勞師淚霏霏。

送魏端公入朝

東洛尚淹翫，西京足芳研。大賓威儀肅，上客冠劍鮮。豈惟空戀闕，亦以將朝天。局促塵末吏，幽老病中絃。徒懷青雲價。忽至白髮年。何當補風教。爲薦三百篇。

送盧郎中汀

洛水春渡濶。別離心悠悠。一生空吟詩。不覺成白頭。向事每計較。與山實綢繆。太華天上開。其下車轍流。縣街無塵土。過客多淹留。坐飲孤驛酒。行思獨山遊。逸關嵐氣明。照渭空漪浮。玉珂擺新歡。聲與鸞鳳儔。朝謁大家事。唯余去無由。

送鄭僕射出節山南 一作酬鄭與元僕射招

國老出爲將。紅旗入青山。再招門下生。結束餘病孱。自笑騎馬醜。强從驅馳間。顧顧一作喚喚磨天路。裊裊鏡下顏。文魄既飛越。宦情唯等閑。羨他白面少。多是淸朝班。惜命非所報。慎行誠獨艱。悠悠去住心。兩說何能刪。

別妻家

芙蓉濕曉露。秋別南浦中。鴛鴦卷新贈。遥戀東林

似十九首小語

空碧水不息浪清溪易生風參差坐成阻飄颻去（一作恨）無窮孤雲目雖斷明月心相通私情詎銷鑠積芳在春藂

贈姚怤別

美人廢琴瑟不是無巧彈聞君郢中唱始覺知音難驚蓬無還根馳水多分瀾倦客歎出門渡馬思解鞍何以寫此心贈君握中丹

贈竟陵盧使君虔別

赤日千里火。火中行子心。孰不苦焦灼。所行爲貧侵。山木豈無涼。猛獸蹲清陰。歸人憶平坦。別路多嶇嶔。賴得竟陵守。時聞建安吟。贈別折楚芳。楚芳搴衣襟。

與韓愈李翺張籍話別

朱絃奏離別。華燈少光輝。物色豈知異。人心故將違。客程殊未已。歲華忽然微。秋桐故葉下。寒露新鴈飛。遠遊起重恨。送人念先歸。夜集類飢鳥。晨光

失相依。馬跡遶川水。鴈（一作奧法守）書還閶闔。常恐親朋阻。獨行知處非

監察十五叔東齋招李益端公會別

欲知惜別離。瀉水還清池。此地有君子。芳蘭步歲𪆫。手擷（一作綴）雜（一作彩）英珮。意搖春夜（一作夢）思。莫作遶山雲。循環無定期。

汴州別韓愈

不飲濁水瀾。空滯此汴河。坐見遶岸冰（一作水）。盡爲還海

波。四時不在家。弊服斷線多。遠客獨顦顇。春英落（一作合）

婆娑。汴水饒曲流。野桑無直柯。但爲君子心。歎息（一作飲之）

終靡他。

贈別殷山人說易後歸幽墅

夫子說天地。若與靈龜言。幽幽人不知。一一予所敦。秋月吐白夜。凉風韻清源。旁通忽已遠。神感寂不喧。一悟袪萬結。夕懷傾朝煩。旅輈無停波。別馬嘶去轅。殷勤荒草士。會有知已論。

造語極其形容

壽安西渡奉別鄭相公二首

洛河向西道。石波橫磷磷。清風送君子。車遠無還塵。春別亦蕭索。況茲冰霜晨。零落景易入。鬱抑抱難申。百宵華燈宴。一旦星散人。歲去絃吐箭。憂來蠶抽綸。綿綿無窮事。各各馳遶身。徘徊送縹纖。倏忽春霜賓。相爲物表物。永謝區中姻。日嗟來教士。仰望無由親。

東都清風滅。君子西歸朝。獨抱歲晏恨。泗吟不成謡貴遊意多味。賤別情易消。迴鴈憶前吽。浪凫念後漂。悠悠孤飛景。聳聳御霜條。昧趣多滯澀。一作沚。懶朋寡新僚。病深理方晤。悔至心自燒。寂靜道何在。憂勤學空饒。乃知減聞見。始遂情逍遙。文字徒營織。聲華諒疑驕。顧慙耕稼士。朴畧氣韻調。善士有餘食。佳畦冬生苗。養人在養身。此言淸如韶。願貢高古言。敢望錫類招。

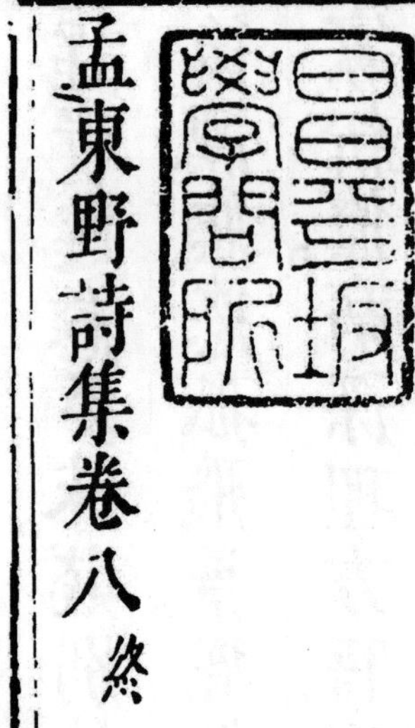

孟東野詩集卷八 終

孟東野目録卷九

詠物

酬鄭毗躑躅詠

品松

答李員外小榼味

井上梔杞架

蜘蛛諷

蚊

燭蛾

和錢侍郎甘露

雜題

春後雨

答友人贈炭

爛柯石

尋言上人

噴玉布

姑蔑城

崢嶸嶺

尋裴處士

夏日謁智遠禪師

訪嵩陽道士不遇

聽藍溪僧爲元居士説維摩經

借事

喜符郎詩有天縱

憑周況先輩於朝賢乞茶

上昭成閣不得於從姪僧悟空院嘆嗟

魏博田興尚書聽嫂命不立非夫人

讀經

謝李輈再到

怨不貧喜盧仝書船歸洛

孟東野詩集卷九

唐　武康孟郊　撰
宋　天台國材　評

詠物

宇文秀才齋中海柳詠

玉縷青葳蕤，結爲芳樹姿。忽驚明月鉤，鉤出珊瑚枝。灼灼不死花，蒙蒙長生絲。飲栢況（一作泛）仙味，詠蘭擬（一作[illegible]）古詞。霜風清颸颸，與君長相思。

是採非採

忽須逈徑

揺柳（一作採）

弱弱本易驚。看看勢難定。因風似醉舞。盡日不能正。時邀詠花女。笑皺春粧鏡。

曉鶴

曉鶴彈古舌。婆羅門叫音。應吹天上律。不使塵中尋。虛空夢皆斷。歆唏安能禁。如聞孤月口。似說明星心。既非人間韻。枉作人間禽。不如相將去。碧落窠巢深。

多以兩字見奇

和薔薇花歌

仙機札札（一作亂亂）織鳳凰花開七十有二行天霞落地攢紅光風枝嫋嫋時一颭飛散葩馥逺空王忽驚錦浪洗新色又似宫娃逞粧飾終當一使移（一作老）花根還比蒲桃天上植

邀人賞薔薇

蜀色庶可比楚叢亦應無醉紅不自力狂豔如索扶麗蘂惜未歸宛枝長更紓何人是花侯詩老强

相呼。

和宣州錢判官使院廳前石楠樹

大朴既一剖。衆材爭萬殊。懿兹南海華。來與北壤俱。生長如自惜。雪霜無凋渝。籠籠抱靈秀。簇簇抽芳膚。寒日吐再艷。頳子流細珠。鴛鴦花數重。翡翠葉四鋪。雨洗新粧色。一枝如一姝。聳異敷庭際。傾妍來坐隅。散彩飾几案。餘輝盈盤盂。高意因造化。常情逐榮枯。主公方寸中。陶植在須臾。養此奉君

躑躅花名

子。賞觀日爲娛。始覺石楠詠。價傾賦兩都。棠頌庶可比。桂詞難以踰。因謝丘墟木。空採落泥塗。時來開佳姿。道去臥枯株。爭芳無由緣。受氣如鬱紆。抽肝在郢匠。嘆息何踟蹰。

酬鄭毗躑躅詠

不似人手致。豈關地勢偏。孤光襃餘翠。獨影舞多妍。迸火燒閑地。紅星墮青天。忽驚物表物。嘉客爲留連。

品松

追悲謝靈運。不得殊常封。縱然孔與顔。亦莫及此松。此松天格高。聳異千萬重。抓挐巨靈手。劈裂少室峯。擘裂風雨獰。抓挐指爪牖。道入難抱心。學生易墮蹤。時時數點仙。嫋嫋一線龍。霏微嵐浪際。遊戲顥興濃。品松徒高高。雌鳴詎（一作話）嗈嗈。賞異尚可貴。賞潛誰能容。名華非典實。翦棄徒纖茸。刻削大雅文。所以不敢慵。

造而有韻頗近自然

答李員外小檣味

一拳芙蓉水，傾玉何泠泠。仙清凤已高，詩味今更馨。試啜月入骨，再銜愁盡醒。荷君道古誠，使我善（一作振）飛翎。

井上枸杞架

深鎖銀泉甃，高葉架雲空。不與凡木並，自將仙盖同。影疎千點月，聲細萬條風。迸子鄰溝外，飄香客位中。花杯承此飲，椿歲小無窮。

有所指耶

仁且恕

蜘蛛諷

萬類皆有性。各各禀天和。蠶身與汝身。汝身何太訛。蠶身不爲已。汝身不爲它。蠶絲爲衣裳。汝絲爲網羅。濟物幾無功。害物日已多。百蟲雖切恨。其將奈爾何。

蚊

五月中夜息。飢蚊尚營營。但將膏血求。豈覺性命輕。顧已寧自愧。飲人以偷生。願爲天下幮。一使夜

造意刻而語古

景清。

燭蛾

燈前雙舞蛾。厭生何太切。想爾飛來心。惡明不惡滅。天若百尺高。應去掩明月。

和錢侍郎甘露

玄天何以言。瑞露青松繁。忽見垂書跡。還驚涌澧源。春枝晨嫋嫋。香味曉翻翻。子禮忽來獻。臣心固易敦。清風惜不動。薄霧肯蒙昏。嘉晝色更晶。仁慈

汎有吼嗟聲

久乃存。一方難獨占。天下恐爭論。側聽飛中使重榮華（一作[illegible]）德門。從公樂萬壽。餘慶及兒孫。

雜題

和令狐侍郎郎中題項羽廟

碧草凌古廟。清塵鎖秋窻。當時獨宰割。猛志誰能降。鼓氣雷作敵、劍光電爲雙。新悲徒自起。舊恨空（一作懷舊）浮江。

讀張碧集

便是聽琴夜色

天寶太白歿。六義已消歇。大哉國風本。喪而王澤竭。先生今復生。斯文信難缺。下筆證興亡。陳詞備風骨。高秋數奏琴。澄潭一輪月。誰作採詩官。忍之（一作教）不揮發。

聽琴

颼颼微雨收。翛翛橡（一作桐）葉鳴。月沉亂峯西。寥落三四星。前溪忽調琴。隔林寒琤琤。聞彈正弄聲。不敢枕上聽。廻燭整頭簪。漱泉立中庭。定步屨（一作履）齒深。貌禪目冥冥。微風吹衣襟。亦認宫徵聲。學道三十年。未免憂死生。聞彈一夜中。會盡天地情。

聞夜啼贈劉正元

寄泣須寄黄河泉。此中怨聲流徹天。一作方到 愁人獨有夜燈見。一紙鄉書淚滴穿。

喜雨

朝見一片雲。暮成千里雨。淒清濕高枝。散漫沾荒土。

淚于山居者

終南山下作

見此原野秀。始知造化偏。山村不假陰。流水自雨
田家家梯碧峯。門門鎖青煙。因思蜕骨人。化作飛
桂仙。

觀種樹

種樹皆待春。春至難久留。君看朝夕花。誰免別離
愁。心意已零落。種之仍未休。胡爲好奇者。無事自
買憂。

是春雨

只如此二語自妙由自成自引以為例盡不知作何語

春後雨

昨夜一霎雨天意蘇羣物何物最先知虛亭草爭出

答友人贈炭

青山白屋有仁人贈炭價重雙烏銀驅却坐上千重寒燒出爐中一片春吹霞弄日光不定暖得曲身成直身

爛柯石

仙界一日內。人間千載窮。雙碁未徧局。萬物皆爲空。樵客返歸路。斧柯爛從風。唯餘石橋在。猶自（一作有）淩（一作臺）丹虹（一作紅）。

尋言上人

萬里莓苔地。不見驅馳蹤。唯開文字窻。時寫日月容。竹韻漫蕭屑。草花徒（一作聚）纖茸。披霜入衆木。獨自識青松。

噴玉布

去塵咫尺步山笑康樂巖天開紫石屏泉縷（一作綫）明月簾仙凝刻削跡靈綻雲霞織恍開若有待瞥見終無猒俗玩詎能近道嬉方可淹踏着不死機欲歸多浮嫌古醉今忽醒今求古仍潛古今相共失語默兩難恬贈君噴玉布一濯高嶄嶄

姑蔑城

勁越既成土強吳亦爲墟皇風一已被茲邑信乎居撫俗觀舊跡行春布新書興亡意何在綿歎空

躊躅。

峥嶸嶺

疏鑿順高下。結構橫煙霞。坐嘯郡齋肅。玩奇石路斜。古樹浮綠氣。高門結朱華。始見峥嶸狀。仰止逾可嘉。

尋裴處士

涉水更登陸。所向皆清真。寒草不藏徑。靈峯知有人。悠哉鍊金客。獨與煙霞親。曾是欲輕舉。誰言空

必歎人思所不到

隱淪。遠心寄白月。華髮廻青春。對此欽勝事。胡爲勞我身。

子慶詩

王家事已奇。孟氏慶無涯。獻子還生子。羲之又有之。鳳兮且莫歎。鯉也會聞詩。小小豫章甲。纖纖玉樹姿。人來唯仰乳。母抱未知慈。我欲揀其養。放麛者是誰。

憩淮上觀公法堂

動覺日月短。靜知時歲長。自悲道路人。暫宿空閑堂。孤燭讓清晝。紗巾斂輝光。高僧積素行。事外無剛強。我有巖下桂。願爲爐中香。不惜青翠姿。爲君（一作師）揚芬芳。淮水色不汚。汴流徒渾黄。且將琉璃意。淨綴芙蓉章。明日還獨行。羈愁來舊腸。

江邑春霖奉贈陳侍御

江上花木凍。雨中零落春。應由放忠直。在此成漂淪。嘉艷皆損汚。好音難殷勤。天涯多遠恨。雪涕盈芳辰。坐哭青草上。臥吟幽水濱。與言念風俗。得意唯波鱗。枕席病流濕。簷楹若飛津。始知吳楚水。不及京洛塵。風浦蕩歸棹。泥波陷征輪。兩途日無遂。相贈唯沾巾。

溧陽秋霽

曉雨曉猶在。蕭寥激前階。星星滿衰鬢。耿耿入秋懷。舊識半零落。前心驟相乖。飽泉亦恐醉。惕宦肅如齋。上客處華池。下寮宅枯崖。叩高占生物。齟齬囘難詭。

列仙文

大霞霏晨暉。元氣無常形。玄轡飛霄外。八景乘高清。手把玉皇袂。攜我晨中生。玄庭自嘉會。金書拆華名。賢女密所妍。相期洛水輧。

右方諸青童君

欻駕空清虛。徘徊西華館。瓊輪暨晨抄。虎騎逐煙散。惠風振丹旌。明燭朗八煥。解襟墉房內。神鈴鳴璀璨。梢景若林柯。九絃空中彈。遺我積世憂。釋此千載歎。怡眄無極已。終夜復待旦。

清虛眞人

駕我八景輿。欻然入玉清。龍羣拂霄上。虎旗攝朱兵。逍遥三絃際。萬流無暫停。哀此去留會。劫盡天地傾。當尋無中景。不死亦不生。體彼自然道。寂觀合大冥。南獄挺直幹。玉英曜穎精。有任靡期事。無心自虛靈。嘉會絳河内。相與樂朱英。

金母飛空歌安度明

丹霞煥上清。八風古太和。迴我神䗽輦。遂造嶺玉阿。咄嗟天地外。九圍皆我家。上採白日精。下飲黃月華。靈觀空無中。鵬路無間邪。顧見魏賢安。濁氣傷汝和。勤研玄中思。道成更相過。

夏日謁智遠禪師

吾師當幾祖。說法云無空。禪心三界外。宴坐天地中。院靜鬼神去。身與草木同。因知護王國。滿鉢盛毒龍抖擻塵埃衣，謁師見眞宗。何必千萬刼，瞬息去樊籠。盛夏火爲日，一堂十月風。不得爲弟子，名姓掛儒宫。

訪嵩陽道士不遇

先生五兵遊，文焇藏金鼎。日下鶴過時，人間空落影。常言一粒藥，不墮生死境。何當列禦寇，去問仙人請。

聽藍溪僧爲元居士説維摩經

可想其貧

古樹少枝葉真僧亦相依山木自曲直道人無是非手持維摩偈心向居士歸空景忽開霽雪花猶在衣洗然水溪晝寒物生光輝

借車

借車載家具家具少於車借者莫彈指貧窮何足嗟百年徒校（一作役）走萬事盡隨花

喜符郎詩有天縱

念符不由級屹得文章階白玉抽一毫綠珉已難

排。偷筆作文章。乞墨潛磨揩。海鯨始生尾。試擺鯊壺濶。幸當禁止之。勿使恣狂懷。自悲無子嗟。喜雙喈喈。

憑周況先輩於朝賢乞茶

道意勿乏之味。心緒病無悰。蒙茗玉花盡。越甌荷葉空。錦水有鮮色。蜀山饒芳藂。雲根纔翦綠。印縫巴霏紅。曾向貴人得。最將詩叟同。幸爲乞寄來。救此病劣躬。（劣一作劣）

上聞便歆聞
天地上便言
天不聞本無
謂却歆如此
造語吊詭

上昭成閣不得於從姪僧悟空院歎嗟

欲上千級閣問天三四言未盡數十登心目風浪飜手手把驚魄脚脚踏墜魂却流至舊手傍掣猶欲奔老病但自悲古蠹木萬痕老力安可誇秋海萍一根孤叟何所歸晝眼如黃昏常恐失好步入彼市井門結僧爲親情策竹爲子孫此誠徒切切此意空存存一寸地上語高天何由聞

魏博田興尚書聽嫂命不立非夫人詩

君子躭古禮。如饞魚吞鈎。昨聞敬姨言。掣心東北流。魏博田尚書。與禮相綢繆。善詞聞天下。一日一再周。

讀經

垂老抱佛脚。教妻讀黄經。經黄名小品。一紙千明星。曾讀大般若。細感肸蠁聽。當時把齋中。方寸抱萬靈。忽復入長安。蹴踏日月寧。老方却歸來。收拾可丁丁。拂拭塵几案。開函就孤亭。儒書難借索。僧

左佛右儒亦

犍

籖繞芳馨。驛驛不開手。鏗鏗聞異鈴。得善如焚香。去惡如脫腥。安得顏子耳。曾來如此聽。聽之何有言。德教貴有形。何言中國外。有國如海萍。海萍國教異。天聲各泠泠。安排未定時。心火競熒熒。將如庶幾者。聲盡形元冥。

謝李輈再到

等閑拜日晚。夫妻猶相瘡。況是賢人宼。何必哭飛揚。昨夜夢得劍。爲君藏中腸。會將當風烹。血染布

好題々勝于詩

衣裳勞君又叩門。詞句失尋常。我不忍出廳。血字濕土牆。血字耿不滅。我心懼惶惶。會有鏗鏘夫見之目生光。生光非等閑。君其且安詳。

怨不貧喜盧全書船歸洛

貧孟怨不貧。請問孟何如。盧仝歸洛船。崔嵬但載書。江潮淸龢龢。淮潮碧徐徐。夜信爲朝信。朝信良卷舒。江淮君子水。相送仁有餘。我去官色衫肩經入君廬。喃喃肩經郎。言語傾琪琚。琪琚鏗好詞。爲

六奇

鵲躍庭除書船平安歸喜報鄉里閭我願拾遺柴
巢經於空虛下兎塵土侵上一作與爲雲霞居日月更相
鎖道義分明儲不願空岧嶢但願實工夫實空二
理微分別相趣予經書荒蕪多爲君勉勉鋤勉勉
不敢專傳之方在諸

孟東野詩集卷九終

孟東野目錄卷十

哀傷

哀孟雲卿嵩陽荒居

哭盧貞國

傷舊遊

弔房十五次卿少府

逢江南故畫上人會中鄭方回

哭秘書包大監

悼幼子

悼亡

又上養生書

孟東野詩集卷十

唐　武康孟郊　撰
宋　天台國材　評

哀傷

弔國殤

徒言人最靈，白骨亂縱横。如何當春死，不及羣草生。堯舜宰乾坤，器農不器兵。秦漢盜山岳，鑄殺不鑄耕。天地莫生金，生金人競爭。

本朝雍熙明邈用之為根到九原無晦處

弔比干墓

殷辛帝天下，獻爲天下尊。乾剛既一斷，賢愚無一門。佞是福身本，忠是喪巳源。餓虎不食子，人無骨肉恩。日影不入地，下埋冤死魂。有骨不爲土，應作直木根。今來過此鄉，下馬弔此墳。静念君臣間，有道誰敢論。

弔元魯山十首

搏鷙有餘飽，魯山長饑空。豪人飫鮮肥，魯山飯蒿蓬。食名皆覇官。食力乃堯農。君子耻新態。孱山與古終。天璞本平一。人巧生異同。孱山不自剖。全璞竟沒躬。

自剖多是非。流濫將何歸、奔競立詭節。淩侮爭怪輝。五帝坐銷鑠。萬類隨衰微、以茲見孱山。道蹇無所依。

君子不自蹇、孱山蹇有因、苟含天地秀、皆是天地身。天地蹇既甚。孱山道莫伸。天地氣不足。孱山食更貧。始知補元化。竟須得賢人。
賢人多自羸道理與俗乖。細功不敢言遠韻方始諧。萬物飽爲飽。萬人懷爲懷。一聲苟失所。衆撼來相排。所以元魯山。饑衰難與偕。
遠階無近級。造次不可昇。賢人絜腸胃。寒日空澄凝。血誓竟訛謬。膏明易煎蒸。以之驅魯山。疎迹去莫乘。
言從魯山宦。盡化堯時心。豺虎恥狂噬。齒牙閉霜金競來闢田禾。相與耕嶽岑。當霄無關鑠。竟歲饒歌吟。善教復天術。美詞非俗箴。精微自然事。視聽不可尋。因書魯山績。庶合簫韶音。

簫韶太平樂。魯山不虛作。千古若有知。百年幸如昨。誰能嗣教化。以此洗浮薄。君臣貴深遇。天地有靈橐。方運既艱難。德符方合漠。名位苟虛曠。聲明自銷鑠。禮法雖相救。貞濃易糟粕。哀哀元魯山。畢竟誰能度。

無有此等新字

仰聖朝礼嘉士

當今富教化。元后得賢相。冰心鏡衰古。霜議清遐障。幽理盡洗洗。滯旅免流浪。唯餘睿山名。未獲旌廉讓。二三貞苦士。刷視聳危望。髮秋青山夜。目斷丹闕亮。誘類幸從茲。嘉招固非妄。小生奏狂狷。感惕增萬狀。

黃犢不知孝。睿山自駕車。非賢不可妻。睿山竟無家。供養恥它力。言詞豈纖瑕。將諡睿山德。贖海誰能涯。

遺嬰盡鶵乳何況骨肉枝心腸結苦誠胸臆垂甘
滋事已出古表誰言獨今奇賢人無萬物愷悌流
前詩

哭李觀

志士不得老多爲直氣傷阮公終日哭壽命固難
長顏子既殂謝孔門無輝光文星落奇曜寶劍摧
修鋩常作金應石忽爲宮別商爲爾弔琴瑟斷絃
難再張偏轂不可轉隻翼不可翔清塵無吹噓委

此與弔嵆山稍別彼只傾嵆山耳此却有臭味在

地難飛揚此義古所重此風今已亡自聞喪元賓一日入九狂沉痛此丈夫驚呼彼穹蒼我有出俗韻勞君疾惡腸知音旣已矣微（一作某）言誰能彰旅葬無高墳栽松不成行哀歌動寒日贈淚沾晨霜神理本窅窅（一作冥冥）今來更茫茫何以蕩悲懷萬事付一觴

李少府廳弔李元賓遺字

零落三四字忽成千萬年那知冥寞客不有補亡篇斜月弔空壁旅人難獨眠一生能幾時百慮來

三六二

劉云語不盡白又高訓之不可解者

相煎。戚戚故交淚。幽幽長夜泉。巳矣難重言。一言一潸然。元賓題少府廳云宿從叔宅有感有其義而無其辭

悼吳興湯衡評事

君一作在生霅水清。君歿霅水清。空令骨肉情。哭得白日昏。大夜不復曉。古松長閉門。琴絃綠水絶。詩句青山存。昔爲芳春顔。今爲荒草根。獨問冥冥理。先儒未曾言。

哀孟雲卿嵩陽荒居

又似陶

戚戚抱幽獨。晏晏沉荒居。不聞新歡笑。但覩舊詩書。藝蘖意彌苦。耕山食無餘。定交昔何在。至戚今或疎。薄俗易銷歇。淳風難久舒。秋蕪上空堂。寒槿落枯渠。雜草恐傷蕙。攝衣自理鉏。殘芳亦可餌。遺秀誰忍除。徘徊未能去。爲爾涕漣如。

哭盧貞國

一別難與期。存亡易寒燠。下馬入君門。聲悲不成哭。自能富才藝。當畀深榮祿。皇天負我賢。遺恨至

兩目平生嘆無子家事親相囑

傷舊遊

去春會處今春歸花數不減人數稀朝笑片時暮成泣東風一向還西輝

弔房十五次卿少府

日高方得起獨賞些些春可惜宛轉鶯好音與它人昔年此氣味還逐曲江濱逢着韓退之結交方殷勤蜀客骨目高聰辯劒戟新如何昨日歡今日

見無因。英奇一謝世。視聽一爲塵。誰言老淚短。淚短沾（作足沾）衣巾。

逢江南故晝上人會中鄭方回（上人往年手札五十篇相贈云以爲他日之念）

相逢失意中。萬感因語至。追思東林日。掩抑北邙淚。筐篋有遺文。江山舊清氣。塵生逍遙注。（作篇）墨故飛動字。荒毀碧澗居。虛無青松位。珠沉百泉暗。月死羣象閉。永詠平生言。知音豈容易。

有餘慟者

哭祕書包大監

哲人臥病日，賤子泣玉年。常恐寶鏡破，明月難再圓。文字未改素，聲容忽歸玄。始知知音稀，千載一絕絃。舊館有遺琴，清風那復傳。

悼幼子

一閉黃蒿門，不聞白日事。生氣散成風，枯骸化爲地。負我十年恩，欠爾千行淚。灑之北原上，不待秋風至。

遂是萬里旅淒

哀輓語至此盡情

悼亡

山頭明月夜增輝，不照重泉下。泉下雙龍無再期。金蠶玉鷰空銷化。朝雲暮雨成古墟。蕭蕭野竹風吹亞。

弔李元賓墳

曉上荒涼原。弔彼冥冥魂。眼咽此時淚。耳悽在日言。寂寂千萬年，墳鎖孤松根。

覽崔爽遺文因抒幽懷 崔君沒于南方

墮淚數首文。悲結千里墳。蒼旻且留我。白日空遺君。仙鶴未巢月。衰鳳先墜雲。清風獨起時。舊語如再聞。瑶艸罷葳蕤。桂花休氛氳。萬物與我心。相感吳江濆。

峽哀十首

昔多相與笑。今誰相與哀。峽哀哭幽魂。噭噭風吹來。墮魄抱空月。出沒難自裁。齏粉一閃間。春濤百丈雷。峽水聲不平。碧池牽清洄。沙稜箭箭急。波齒斷斷開。呀彼無底兕。待此不測災。谷號相噴激。石怒爭旋廻。古醉有復鄉。今纔多爲能。守孤徒髣髴。銜雪猶驚猜。薄俗少直腸。交結須横財。黄金買相弔。幽泣無餘灌。我有古心意。爲君空擢頽。上天下天水出地入地舟石劍相劈斫石波怒蛟虬。花木疊宿春。風飈凝古秋。幽怪窟穴語。飛聞聆響流。沉哀日已深。銜訴將何求。

三峽一線天。三峽萬繩泉。上仄碎日月。一掣狂漪漣破魂一兩點。凝幽數百年。峽暉不停午。峽險多饑涎。樹根鎖枯棺。孤骨裊裊懸。樹枝哭霜棲。哀韻杳杳鮮。逐客零落腸。到此湯火煎。性命如紡績。道路隨索緣。奠(一作酹)淚弔波靈。波靈將閃然。峽亂(一作札)鳴清磬(一作木)。產石為鮮鱗。噴為腥雨涎。吹作黑井身。怪光閃衆異。餓劍唯待人。老腸未曾飽。古齒嶄嵒嗔嚼。齒三峽泉。三峽聲斷斷。峽螭(一作挍)老解語。百丈潭底聞。毒波為計校。飲血養子孫。既非皋陶吏。空食沉獄魂。（一作土）潛。怪何幽幽。魄說徒云云。峽。聽哀哭泉。峽吊鰥寡猿。峽聲非人聲。劒水相劈斸。斯誰士諸謝。奉此沉苦言。

讒人峽虬心。渴罪呀然濤。所食無直腸。所語饒梟音。石齒嚼（一作咻）百泉。石風號（一作虓）千琴。幽哀莫能遠。分雪何由尋。月魄高卓卓。峽窟清沉沉。銜訴何時明。抱痛已不禁。犀飛空波濤。裂石千嶔岑。

峽稜剸日月。日月多摧輝。物皆斜仄生。鳥亦斜仄

飛。潛石齒相鎖。沉魂招莫歸。恍惚清泉甲。斑爛碧
石衣。餓嚥潺湲號。涎似泓浤肥。峽青不可遊。腥草
生微微。
峽景滑易墮。峽花怪非春。紅光根潛涎。碧雨飛沃
津。巴谷蛟螭心。巴鄉魍魎親。噉生不問賢。至死獨
養身。腥語信者誰。拗歌歡非真。仄田無異稼。毒水
多獰鱗。異類不可友。峽哀哀難伸。
峽水劒戟獰。峽舟霹靂翔。因依虺蜴手。起坐風雨

刻意下造之
有複意複語

忪峽旅多鼠官。峽氓多非良。滑心不可求。滑習積已長漠漠涎霧起。斷斷涎水光。渴賢如之何。忽在水中央。

梟鴟作人語。蛟虬吸山波。能於白日間。諂欲晴風和。駭智蹶衆命。蘊腥布深蘿。齒泉無底貧。鋸涎在處多。仄樹鳥不巢。踔猱猿相過。峽哀不可聽。峽怨其奈何。

杏殤九首 并序

杏殤花乳也霜翦而落因悲昔嬰故作是詩。

凍手莫弄珠弄珠珠易飛驚霜莫翦春翦春無光輝零落小花乳爛斑昔嬰衣拾之不盈把日暮空悲歸。

地上空拾星枝上不見花哀哀孤老人戚戚無子家豈若没水鳧不如拾巢鴉浪鷇破便飛風鶵裊相誇芳嬰不復生向物空悲嗟。

分應上二句

奇想

只是憤世

應是一線淚，入此春木心。枝枝不成花，片片落翦金。春壽何可長，霜哀亦已深。常時洗芳泉，此日洗淚襟。

兒生月不明，兒死月始光。兒月兩相奪，兒命果不長。如何此英英，亦爲弔蒼蒼。甘爲墮地塵，不爲末世芳。

踏地恐土痛，損彼芳樹根。此誠天不知，翦棄我子孫。垂枝有子落，芳命無一存。誰謂生人家，春色不入門。

洌洌霜殺春。枝枝疑纖刀。木心既零落。山竅空呼號。斑斑落地英。點點如明膏。始知天地間。萬物皆不牢。

哭此不成春。淚痕三四班。失芳蝶既狂。失子老亦孱。且無生生力。自有死死顏。靈鳳不銜訴。誰爲扣天關。

此兒自見災。花發多不諧。窮老收碎心。永夜抱破

窮老病叟六
複

懷。聲死更何言。意死不必嗟。病叟無子孫。獨立猶束柴。

霜似敗紅芳。翦翦啄十數雙。參差呻細風。唫嗎沸（一作戲）淺江。泣凝（一作妃）不可消（一作紆）恨壯難自降。空遺舊日影。怨彼小（一作洮）書牕。

弔江南老家人春梅

念爾筋力盡。違我衣食恩。奈何麤獷兒。生鞭見死痕。舊使常以禮。新怨（一作寃）將誰吞。胡爲乎泥中（一作上天）。消歇教

自是好詞

義源。

哭李丹員外并寄杜中丞

生死方知交態存。忍將齗齗報幽魂。十年同在平原客。更遣何人哭寢門。

哭劉言史

詩人業孤峭。餓死良已多。相悲與相笑。累累其奈何。精異劉言史。詩腸傾珠河。取次抱置之（一作爲抛擲）。飛過東溟波。可惜大國謠。飃爲四夷歌。常於衆中會顔色兩切磋。今日果成死。葬襄（一作喪）之洛河。河岸遠相弔。洒淚雙滂沲。

弔盧殷十首

詩人多清峭。餓死抱空山。白雲旣無主。飛出意等閑。久病牀席尸。護喪童僕孱。故書窮鼠齧。狼籍一室間。君歸新鬼鄉。我面古玉（一作玊）顏。羞見入地時。無人叫追攀。百泉空相弔。日久哀潺潺。

唧唧復唧唧。千古一月色。新新復新新。千古一花耳聞陋巷生。眼見魯山君。餓死始有名。餓名高氛氳。戇叟老壯氣。感之爲憂雲。所憂唯一泣。古今相紛紛。平生與君說。逮此俱云云。

初識漆鬢髮。爭爲新文章。夜踏明月橋。（一作盧殷）夜飲吾曹床。醉啜二盃釀。名郁一縣香。寺中摘梅花。園裏翦浮芳。高嗜綠蔬（一作[illegible]）羹。意輕肥膩羊。吟哦無滓韻。言語多古腸。白首忽然至。盛年如偷將。清濁俱莫追。何須罵滄浪。

前賢多哭酒。哭酒免哭心。後賢試銜之。哀至無不深。少年哭酒時。白髮亦以侵。老年哭酒時。聲韻隨生沉。寄言哭酒賓。勿作登封音。登封徒放聲。天地竟難尋。

同人少相哭。異類多相號。始知禽獸癡。却至天然高。非子病無淚。非父念莫勞。如何裁親疏。用禮如用刀。孤喪鮮匍匐。閉哀抱鬱陶。煩他手中葬。誠信焉能褒。嗟嗟無子翁。死棄如脫毛聖人哭賢人骨化氣爲星文章飛上天列宿增晶熒前古文可數今人文亦靈高名稱謫仙昇降曾莫停有文死更香無文生亦腥爲君鏗好辭永傳作謚寧

聯句

有所思聯句

相思繞我心日夕千萬重年光坐晼晚春淚銷顏容郊

臺鏡晦舊暉庭草滋新茸望夫山上石別劒

水中龍。愈

遣興聯句

我心隨月光，寫君庭中央。郊月光有時晦，我心安
所忘。愈常恐金石契，斷爲相思腸。郊平生無百歲，
岐路有四方。愈四方各異俗，適意非所將。郊駑蹄
顧挫秣，逸翮遺稻粱。愈時危抱獨沉，道泰懷同翔。
郊獨居久寂默，相顧聊慨慷。慨慷丈夫志，可以燿
鋒鋩。郊蘧甯知卷舒，孔顏識行藏。愈朗鑒諒不遠，

佩蘭永芬芳。郊 苟無夫子聽。誰使知音揚。愈

贈劍客李園聯句

天地有靈術。得之者唯君。郊 築爐地區外。積火燒氛氳。愈 照海鑠幽怪。滿空歊異氛。郊 山磨電奔奔。水淬龍蝹蝹。愈 太一裝以寶。列仙篆其文。郊 可用懾百神。豈唯壯三軍。愈 有時幽匣吟。忽似深潭聞。郊 風胡久已死。此劍將誰分。愈 行當獻天子。然後致殊勳。郊 豈如豐城下。空有斗間雲。愈

讚

讚維摩詰

貌是古印。言是空音。在酒不飲。在色不淫。非獨僧禮。亦使儒欽。感此補亡。書謝懸金。

書

上常州盧使君書

道德仁義。天地之常也。將有人主張之乎。將無人主張之乎。曰。賢人君子。有其位。言之可以周天下而行也。無其位則周身言之可也。周身言之可。周天下言之不可也。仲尼當時無其位。言之亦不可周天下而行也。及至著書載其言。則周萬古而行也。豈唯周天下而巳哉。仲尼非獨載其言周萬古而行也。前古聖賢得仲尼之道。則其言皆載之周萬古而行。閣下道德仁義之言。巳聞周天下誦之久矣。其後著書君子。亦當載以周萬古而行也。幸甚幸甚。道德仁義之言。天地至公之道也。君子著書期不朽。亦天地至公之道。夫何讓哉。是故不以道德仁義事其君者。以盜賊事其君也。不以道德仁義之衣食養其親者。是盜賊養其親也。閣下既以道德仁義事其君。聞之天下久矣。小子顯求閣下道德仁義之衣食以爲養也。謂之中庸之道。謂之中庸。則敢求也。謂之特達。則不敢求也。小子嘗衣食宣武軍司馬陸大夫道德仁義之矣。陸公既沒。又嘗衣食此郡前守吏部侍郎韋公道德仁義之矣。韋公既去。衣食亦去。道德仁義顯其主張。謹載是書及舊文。又有子遇之書。同乎緘獻。輕重可否。傾一言陳謝。誠與於異日不宣。郊再拜。

又上養生書

天地與人。一其道也。天地不棄於人。人自棄於天。天可棄於人乎。曰。不可。人自棄也已。曰。人皆棄之乎。曰。賢人君子不棄也。凡人棄之可。天有殺物之心。而無棄物之心。天有棄物之心。則萬物莫能生矣。是故君子之於萬物。皆不棄也。而況於身乎。棄其身。是棄其後也。棄其後。是棄其先也。故曰君子之道豈易哉。敢不法天而行身乎。所以君子養其身。養其公也。小人養其身。養其私也。身以及家。家以及國。國以及天下。以公道養天下。則天下肥也。以私道養天下。則天下削也。養身之道。豈容易哉。養其公者。天道養也。養其私者。人情養也。以天道養其人則合天矣。以人情養其人則不合天矣。以人情養。其人自棄矣。天道質也。人情文也。天道靜也。人情動也。質者生之後也。靜者生之得也。動者生之棄也。文不以質勝之。則文爲棄矣。動不以靜制之。則動爲棄矣。天者水之謂也。人者魚之謂也。魚棄水。則螻蟻得之矣。人棄天。則疾病得之矣。魚可安於水。而不可翫於水。其失也。在乎恣波浪而不廻也。人可安於天。而不可翫於天。其失也。在乎恣嗜慾而不廻也。所謂安於天者。法天之味而食之。食不違於四時也。法天之聽而聽之。聽不違於五節也。法天之明而視之。視不違於五色也。食與視聽苟違於天。則疾病得之矣。故曰君子法天而行身也。小人戮天而棄身也。書之座右。嵇康猶有所棄。秦之醫和。晉之杜蒯。其亦不書於右。則何以爲君子之座哉。良藥苦口也。苦口獲罪於人。苟或有矣。仁義之獲罪於天。未之有也。恩養下將遠缺違。書寫至誠之言。不勝惶悚之甚不宜。郊再拜

ISBN 978-7-5010-6431-1
9 787501 064311 >

定價：160.00圓